だいわ文庫

言葉の園のお菓子番

未来への手紙

ほしおさなえ

大和書房

言葉の園のお菓子番
目次

言葉の園のお菓子番

未来への手紙

人物紹介

豊田一葉　もとチェーン書店の書店員。祖母の縁で連句会「ひとつばたご」に参加する。いまはポップ作成の仕事をしながらブックカフェ「あずきブックス」で働いている。

豊田治子　一葉の祖母。故人。「ひとつばたご」ではお菓子番を名乗っていた。

＊連句会「ひとつばたご」メンバー

草野航人　「ひとつばたご」主宰。印刷会社勤務。大学時代、吉田冬星から連句を教わる。

岡野桂子　俳句結社に所属。

手嶋蒼子　出版社の校閲室に勤務。

神原直也　カルチャーセンター勤務。

中村悟　弁護士で歌人。川島久子の弟子。

松野陽一　フリーのシステムエンジニア。

秋山鈴代　広告代理店勤務。

宮田萌　「あずきブックス」の菓子作り担当。

大崎蛍　大学生。川島久子の教え子。

大崎海月　高校生。蛍の妹。

＊その他連句関係

川島久子　歌人。大学、カルチャーセンターなどで短歌を教えている。

吉田冬星　航人、治子、桂子の連句の師匠でかつて連句会「堅香子」の主宰。故人。

上坂柚子　小説家。川島久子の友人。マンガ家から転身し、シリーズものを多く手がける。

城崎大輔　若手歌人の茜、翼、一宏、久輝が結成した連句会「きりん座」のメンバー。大学時代は写真部。生活雑貨店に勤務している。

＊ブックカフェ「あずきブックス」関係

中林泰子　店主。孫娘の怜とともにブックカフェを立ち上げた。カフェ担当は岸田真紘。

あたらしい風

1

二月の連句会《れんくかい》が終わり、ひとりで帰りの電車に揺られながら、連句をはじめてもう二年も経ったんだな、とぼんやり思った。

わたしが通っている連句会「ひとつばたご」は月に一度定例会があり、一昨年の三月にはじめて足を運んでから、休むことなく毎回出席している。

もともと、ひとつばたごは亡くなった祖母が所属していた連句会で、祖母は毎月お菓子を持って連句会に行くことを楽しみにしていた。最初は祖母がお世話になったお礼を言いに行くだけのつもりだったのに、なぜか連句に加わることになって、いまや連句会はすっかりわたしの生活の一部になっている。

生活？　いや、「人生」と言った方がいいのかもしれない。賃金をもらっているものではないから「仕事」ではない。でも、「趣味」かと言われると、趣味の枠にはおさまらないような気もする。

勤めていた書店が閉店し、無職になっていたわたしに、パン屋さんのポップを書く仕事を紹介してくれたのは連句仲間の鈴代《すずよ》さん。そこから縁がつながって、いくつかの店のポップを書くようになった。

いまわたしが働いている「あずきブックス」を紹介してくれたのも、連句会にたまにやってくる歌人の川島久子《かわしまひさこ》さん。それから、あずきブックスのカフェで連句仲間の萌《もえぎ》さんのお菓子を扱うことになったり、久子さんと久子さんに連れられてひとつばたごにやってきた小説家の上坂柚子《かみさかゆず》さんのトークイベントを開くことになったり。

仕事にもひとつばたごで得た縁がからみあっている。

連句は複数のメンバーが集まって、五七五の長句《ちょうく》と七七の短句《たんく》を交互に付《つ》けていく遊び。ひとつひとつの句はひとりの人が作るものだが、全体としてはひとつの作品。つまり共同制作だ。

連句を作ることを「巻《ま》く」という。メンバーの仕事や経歴についてくわしくは知らないけれど、いっしょに連句を巻いていると、その人の生き方、考え方みたいなものがほんのり見える。世代も生活の背景もみんなちがうのに、句を作っているうちに、ほかでは話さない自分の本音を知らずしらず語っていたりする。

連句会の人間関係には、そういう不思議なところがある。「友だち」とは少しちがう。まさに「仲間」。居心地がよいのは、メンバーがおたがいを尊重しているからなんだろう。

ひとつばたごの定例会の数日後、一月に開かれた連句の大会で知り合った城崎《きのさき》さんからメールが来た。来週の週末に「きりん座」のメンバー数人とあずきブックスに遊びに行きたい、というものだった。

一月の大会は複数の連句会が集まって開かれたもので、城崎さんはそのなかのきりん座という会に所属している男性だった。年はわたしと同じくらい。きりん座のほかのメンバーもみな二十代から三十代前半だ。

巻き終わって各座の作品を見てまわっているときに運営を手伝っていた城崎さんから声をかけられ、大会のあとの懇親会できりん座の人たちと話した。そこできりん座に遊びに来ませんか、と誘われていた。

その件で城崎さんとメールのやりとりをするなかで、わたしがブックカフェに勤めていることを伝えると、きりん座の人たちも興味を持ち、一度遊びに行きたい、ということになったらしい。

城崎さんのメールには、きりん座のメンバーは編集者やブックデザインの仕事をしている人、紙の会社で働いている人など、本とつながった仕事をしている人も多く、ブックカフェというお店の形態に関心があるのだと書かれていた。

カフェスペースもあるけれど、そこまで広くないので、人数が多いなら週末はテーブル席を予約した方が確実だと伝えると、土曜日の三時、四人で予約をお願いしたい、という返信が来た。

土曜日の二時半ごろ、あずきブックスに城崎さんがやってきた。現地集合にしたようで、はじめは城崎さんひとりだけ。カフェは三時からの予約だが、先に書店スペースを見たくて早めに来たらしい。

三時から長めの休憩を取っていたが、それまでは仕事がある。それで、城崎さんには店内を自由に見てもらうことにした。間を置かず、男性ひとり、女性ふたりの三人づれがやってきて、城崎さんと合流した。レジにお客さまがならんでいる状態で、会釈だけして仕事を続ける。四人とも思い思いに店内をまわっている。

三時になって店主の泰子《やすこ》さんに頼んでレジを抜けると、カフェの大机の一画に四人そろって座っていた。

「こんにちは。今日はわざわざお越しいただいて、ありがとうございます」

テーブルに近づき、声をかける。

「注文は？　もうされましたか？」

あずきブックスのカフェはレジで先払いだ。

「ええ、僕たちはもう頼みましたよ」

城崎さんがうなずきながら答える。

「じゃあ、わたしも頼んできます」

そう言って、レジに向かった。カフェのスタッフの真紘《まひろ》さんはカウンターの奥で飲み物の準備をしていて、レジの前にお茶のはいったカップと焼き菓子がならんでいた。あずきブックスのメニューは日本茶中心で、お菓子にも和の素材を使っている。

「これ、きりん座の人たちの分ですか?」

真紘さんに声をかける。

「そうそう。あと季節のお茶がひとつだけ」

「そしたら、この三つは先に運んじゃいますね」

「ありがとう。一葉《かずは》さんは? なににする?」

「わたしも季節のお茶にします」

カフェには季節ごとに、旬の果物とお茶を合わせた季節のお茶が出る。いまは伊《い》予柑《よかん》と煎茶の組み合わせで、すごくおいしいのだ。

会計を済ませ、トレイをきりん座の人たちがいるテーブルに運んだ。煎茶、ほうじ茶、ほうじ茶ラテ。焼き菓子も確認しながらそれぞれの人の前に置く。城崎さんの分がなかったので、季節のお茶を頼んだのは城崎さんということなんだろう。

「一葉さん、ありがとうございます。いいお店ですね」

向かい側に座った女性が言った。ショートカットにグレーのタートルネック。きりんの形の小さな刺繍《ししゅう》ブローチをつけている。連句の大会でもあいさつした人で、たしか岡村《おかむら》さんと言って、きりん座のリーダー的な存在だったはず。

「岡村さん……でしたよね」

「そうです。岡村茜《あかね》。きりん座の発起人《ほっきにん》のひとりです。茜でいいですよ、連句の会ですから、わたしたちもおたがいに名前で呼んでます」

つまり、城崎さんは大輔《だいすけ》さんということになる。茜さんのとなりにいるのは堀一《ほりかず》宏《ひろ》さんと、宇佐美七実《うさみななみ》さん。一宏さんは黒の上下でクリエイターっぽい雰囲気。七実さんはふわふわのオフホワイトのセーターを着こなしている。

「そういえば、きりん座ってどうしてきりん座っていう名前なんですか？　きりんが好きな人がいるんですか？　そもそも、きりん座という星座って……」

実在するんだろうか、と思いながら訊いた。

「ほんとにあるのか、ってことですよね？」

七実さんがくるくるした目でこっちを見る。

「ええ、聞いたことがなくて……。いいえ、星座とか全然わからないんですけど」

「きりん座は実在するんですよ。あたらしい星座なんです」

一宏さんが笑って答えた。

「まあ、もともと茜さんがきりん好きっていうのがあったんですよね」

一宏さんが茜さんを見る。

「そうそう。でも『きりん』だけだとなんとなくすわりが悪い気がして、星座名っぽくしてみようかな、って。そのときはほんとにきりん座があるなんて知らなくて、架空の星座のつもりだったんですけど」

「でも、今日は来てない久輝《ひさてる》さんというもうひとりの創設メンバーがネットで調べて、ほんとにあるってわかったんですよ。十七世紀に定められた星座で、日本では年間通じて見られるらしいんですけど、とくにあかるい星がないから、目立たないそうで。最初はラクダって説もあったとか」

一宏さんはそう言いながら、スマホできりん座の画像を出し、こちらに見せた。

「あかるい星がなくて目立たない、っていうのを見て、久輝さんがうちの会にぴったりなんじゃないか、って言い出して」

七実さんが苦笑いする。

「新人ばかりのあたらしい会でしょう? でも、あたらしい感性で、とか、若者だけでやってます、って華々しく打ち出すのは、なんかちがう。目立たない星の集まりからのスタートくらいでちょうどいいんじゃないかって」

　茜さんが言った。

「その話、ほんと、久輝さんっぽいですよね」

　七実さんは少し笑ってから、お茶を一口飲んだ。

　そのとき、真紘さんがトレイを持ってやってきて、大輔さんとわたしの前にポットとカップを置いた。

「遅くなりました、季節のお茶です」

　急須《きゅうす》代わりのガラスのポットのなかに緑色の茶葉と伊予柑がはいっている。真紘さんが蓋を開けると、伊予柑の香りが漂った。

「わあ、いい匂い。おいしそうですねえ」

　七実さんがポットを見つめる。真紘さんは蓋を閉め、湯呑みにお茶を注いだ。

「三煎目までは飲めますから。お湯はこちらに置いておきます」

　真紘さんはお湯のはいったポットを置いてレジの方に戻っていった。

「これ、おいしいですね」

　一口飲んだ大輔さんが、驚いたように湯呑みを見つめる。

「季節ごとに果物が変わって、それに合わせてお茶も変わるんですよ」

「最初はお茶の香りなんだけど、あとにふわっと果物の香りが残る。へええ」

大輔さんは目を閉じて、もう一口飲んでいる。わたしも湯呑みに口をつけた。

茜さんによると、きりん座の結成は四年前。茜さんの短歌仲間だった一宏さんと、今日は来ていない翼《つばさ》さん、久輝さんの四人が連句を巻いたのがはじまりだった。大輔さんは久輝さんの大学の後輩で、それまで短歌や俳句を作ったことはなかったが、久輝さんに誘われて睡月《すいげつ》さんの連句講座に参加。そこで連句に興味を持った大輔さんも加わってきりん座が発足したらしい。

「あのときの睡月さんのキャラクターがあまりにも強烈だったんですよね。連句の説明もすごくて、巻いているうちに頭がぐるぐるしてきて……。その刺激が忘れられなくなっちゃったんですよ」

大輔さんが笑うと、ほかのメンバーも声をあげて笑った。わたしもその気持ちはわかるような気がした。

睡月さんはひとつばたごの前身である連句会「堅香子《かたかご》」のメンバーだった人で、どうやら連句の世界では知らない人のいない有名人らしい。

ひとつばたごにもときどきやってくる。九十を超えているらしいが、生命力に満ちていて、びっくりするほど艶っぽい恋句を作る。同じ堅香子のメンバーだった桂《けい》子《こ》さんにはたしなめられているが、睡月さんと巻いたあとはなぜか元気が出る。

「茜さんも睡月さんのお弟子さんなんですか」

わたしは訊いた。

「ううん。わたしが連句を習ったのは別の人からなんです」

茜さんが首を振る。茜さんは学術書関係の出版社の編集者をしていて、会社の先輩に誘われて何度か連句会に通っていたのだそうだ。

「その会の主宰《しゅさい》がこの前の大会で審査員をしていた卯月《うづき》さんっていう人で……」

大会の最後に選考委員として壇上にのぼったなかにそんな名前の人がいたのを思い出した。睡月さんや桂子さんよりずっと若い、ひとつばたごの主宰の航人《こうじん》さんより少し上くらいの人だった。

「短歌仲間の一宏さんから一度巻いてみたいって言われて、最初はみんなを卯月さんの座《ざ》に連れていくことも考えたんだけど、卯月さんは、若者は若者で自由に巻いた方がいいわよ、って」

「いきなりですか?」

「そう。わたしが連句のルールに自信がないって言ったら、卯月さんに、連句にはルールなんてものはないから、って」

「でも、式目《しきもく》は?」

「たしかに式目はあるけど……。それだって昭和の人が考えた形でしょう?」

連句のルールは式目と呼ばれている。江戸期にはみんなこぞって楽しんでいた俳《はい》諧《かい》だが、明治期になると正岡子規《まさおかしき》が提唱した一句で立つ「俳句」に押され、途絶えてしまった。それを昭和期に復活させたのが「現代連句」なのだと、以前航人さんが言っていた。

「季語《きご》の捉え方も昭和期とはちがうし、連句を楽しむ女性も増えた。状況がいろいろ変わっていくわけだから、連句も時代に合わせて変わっていい。年長者がいると、どうしてもお勉強気分になってしまうから、変わるためには茜さんの捌《さば》きで若い人だけで巻いた方がいいんじゃないの、って」

連句では複数の人が句を作っていくが、その舵取りをするのが捌きである。みんなが出した句のなかで、その場にふさわしいものを選んで、付けてゆく。

ひとつばたごでは、いつも航人さんが捌きをつとめている。でも、この前の大会では萌さんが捌きをつとめることになった。その座で巻きながら、はじめて自分でも捌きをしてみたい、できるような気がする、と思った。

きりん座は大輔さんを含めた五人でスタート。その後、一宏さんが同じデザイン事務所の同僚の七実さんを誘った。さらに大輔さんが誘った後輩たちが加わって、きりん座のレギュラーメンバーは現在八人。

定例会は年に四回で、外部の人が加わることもある。連句と短歌とエッセイを掲載した会誌「きりん座」を発行し、サイトやブログも作っているのだと聞いていた。

「結局それでよかったと思ってるんだけど、同じ世代で巻いてると行き詰まってきちゃうときもあるんだよね」

　茜さんがため息をつく。

「どうしても感性が似てるっていうか、幅が狭くなるっていうか」

　一宏さんがうなずく。

「睡月さんのところに行くと、はっとするんですよ。僕たちがぜんぜん思いつかないような句が出てくるから。僕たちが知らない季語をあたりまえのように使うし、知ってることの幅が全然ちがうんですよね。睡月さんは、それは自分にとってはあたりまえで、ちっともおもしろくない。自分たちにとっては若い人の考えが新鮮なんだから、おたがいさまだよ、って笑ってましたけど」

　大輔さんが笑った。

「だから、ひとつばたごみたいな会もいいなあ、って思うんですよ。桂子さんや航人さんみたいなベテランもいて、大学生や高校生もいて」

　茜さんが言った。

「そうですね、いろいろな世代の方がいるのはすごく刺激になります。でも、同世代だけで巻いたことがないので、そっちにも興味があるんです」

　わたしは答えた。

「じゃあ、四月の定例会にぜひ」

茜さんが微笑む。

「はい。大学生の蛍《ほたる》さんも興味を持ってましたから、いっしょにうかがいます」

「大学生……。学生時代、ちょっとなつかしいなあ」

七実さんが目を細めた。


その後はあずきブックスの話になった。

どうやら一宏さんはむかしあずきブックスがある上野桜木に住んでいたようで、あずきブックスがまだ「明林堂《めいりんどう》」というふつうの書店だったころのことも知っていた。

「最近、ブックカフェみたいな形が増えてきた気がしますけど、ここはちょっとちがいますよね。書店スペースはむかしの明林堂のころの雰囲気が残っている。そこがすごくいいです。店にはいるとほっとするっていうか……」

一宏さんが書店スペースの方を見ながら言う。

「そうなんです。いまの店主は明林堂の前の店主の奥さんで、明林堂だったころからいっしょにお店を切り盛りされてたので」

「泰子さんですよね。明林堂のころもよくレジにいらっしゃいました」

一宏さんがうなずく。

「ブックカフェに改装するときも、できるかぎり本のジャンルを減らさないようにいろいろ工夫されたみたいです」

泰子さんの話を思い出しながらそう答えた。あずきブックスは東京藝大とも近く、芸術系の専門書を買い求める人も多くいる。同時に近隣に住む人たちにとっての町の本屋でもあるから、子ども向けから実用書まで幅広く取りそろえている。

「わかります。ブックカフェというと店主の個性が前面に出ているお店が多いけど、ここはむかしながらの書店の品揃えで、そこがほっとするのかも。でも、リトルプレスや同人誌も置いてるのね」

「はい。縁のあるところだけなんですが」

「わたしたちの同人誌も置いてもらえたら、ってちょっと思っちゃいました」

七実さんが言った。

「そういえば、きりん座では同人誌も出しているんですよね」

「ええ、でも、連句や短歌やエッセイ中心ですし、書き手もわたしたちだけで、有名な人はだれもいませんから」

一宏さんが恥ずかしそうに言った。

「短歌の本はよく出ますよ。最近話題ですし、うちでも久子さんのトークイベントなどを開催しているのもあって、短歌の本は人気なんです」

あずきブックスのカフェでは、これまで柚子さんと久子さんの少女マンガトークイベント、久子さんの短歌創作ワークショップなどをおこなっている。大会終了後、きりん座の人たちに久子さんを紹介したときにもその話をした。

「そうでしたね。イベントはこのカフェで開催したってことですか」

大輔さんが訊いてくる。

「はい。狭い会場ですけど、四十人近くお客さんが来て、盛況だったんです」

「そうだったんですか……。楽しそう！」

七実さんが目を輝かせた。

「きりん座の同人誌も、もしよかったらあとで送っていただけますか？　置けるかどうか、泰子さんと相談してみますので」

「ほんとですか？」

七実さんがぴょんと跳ねあがるように背筋をのばした。

「置いても必ず売れるというわけではないんですが……」

「置いてもらえるだけで励みになりますし、お願いしたいです」

茜さんも微笑んでうなずく。

「お店のこととは別に、一葉さんにぜひ読んでいただきたいと思っていたので、今度僕の方から既刊をお届けしますね」

大輔さんに言われ、よろしくお願いします、と頭を下げた。

2

カフェであれこれ話したあと、泰子さんにもあいさつした。泰子さんも一宏さんのことを覚えていたようで、再会を喜んでいた。きりん座の雑誌にも関心を持ち、送ってもらったら読んでみます、と言っていた。

茜さん、大輔さん、七実さんはこのあたりに来たのははじめてのようで、泰子さんから、それなら少し周辺をご案内したら、と言われ、谷中《やなか》の方までいっしょに歩いて行くことになった。

店を出て、近くにある古民家カフェや、「上野桜木あたり」という古民家数棟を再生した複合施設、銭湯を改装したギャラリーなどを紹介する。

お寺も民家も古い建物が残る場所で、わたしにとっては見慣れた風景だが、東京のほかの土地から来た人にとっては新鮮に映るらしい。茜さんも七実さんもおもしろい、素敵、と言いながらじっくり建物に見入っていた。

祖母のお墓のあるお寺の前を通り、谷中銀座に向かって細い道を歩く。大輔さんはカバンからカメラを取り出し、あちこちで立ち止まって写真を撮っている。一眼レフというのだろうか、大きなレンズのついた本格的なカメラだ。

「立派なカメラですね」

カメラを持って路地にはいっていく大輔さんのうしろ姿を見ながら、茜さんと七実さんに訊いた。

「大輔さんは大学時代、写真部だったんですよ」

七実さんが答える。

「写真部……。なるほど」

「久輝さんも写真部で、大輔さんは部活の後輩なんですよ。久輝さんは卒業後はあまり写真撮らなくなっちゃったみたいですけど、大輔さんはいまでも続けてて」

七実さんがちらっと大輔さんの方を見た。

「だから、きりん座の同人誌の表紙も大輔さんの写真を使ってるんですよ。本文もあちこちに写真がはいってます」

「ブックデザインが本職の一宏さんと七実ちゃんがいますからね。きりん座の同人誌はかなり本格的な作りなんですよ」

茜さんが言った。

「大輔さんは仕事でも写真を撮っているみたいで。会社のサイトにあがってる写真も、よほどむずかしいもの以外は大輔さんが撮ってるそうです」

「無理も言われるけど、おかげで技術があがったって言ってましたよね」

茜さんがふふっと笑った。

「大輔さんの仕事ってなんでしたっけ？」

そういえばまだ聞いていなかった気がした。

「生活雑貨のお店です。日本の手仕事に重点を置いて、全国のデパートやショッピングモールに出店している大手チェーンですよ。大輔さんはいまは店舗勤務じゃなくて、在庫管理を担当する本社の部署にいるみたいで」

七実さんが答えた。

生活雑貨のお店……。と言っても、大手チェーンという話だから、ポップ作りでつきあいのある「くらしごと」みたいな小さなお店とはだいぶちがうんだろう。

「すみません、お待たせしました」

路地から大輔さんが駆け戻ってくる。

「いいの撮れた？」

茜さんが笑って訊いた。

「はい。このあたり、ほんとにいいですね。建物も道の感じも」

「もう少し行くと、さらに大輔さんの好きそうなものがありますよ」

一宏さんが微笑む。

「え、もしかして……」

大輔さんが目を輝かせた。

「そう、坂。『夕やけだんだん』っていう階段坂だ」

一宏さんが答えた。

「夕やけだんだん！　聞いたことあります」

七実さんが言った。たしかに、もう少し行くと夕やけだんだんという階段坂がある。でも、大輔さんの好きそうなもの……？

「大輔さんは、坂の写真を撮るのが好きなんですよ。きりん座の同人誌にも、必ず坂の写真を載せてるくらいで」

近くにいた茜さんが教えてくれた。

「それがライフワークなんですって」

茜さんはそう言って、くすっと笑った。


しばらく歩くと、夕やけだんだんの上に出た。

「うわあ、これはいい」

大輔さんはそう言うとすぐにカメラをかまえた。階段の下には「谷中ぎんざ」と書かれた看板が立っていて、その向こうにむかしながらの商店街が続いている。

この「夕やけだんだん」というのは、夕焼けがよく見えることからついた名前だ。一九九〇年に一般公募で決められたそうで、だからわたしが生まれたときにはすでにここは「夕やけだんだん」だったのだけれど、祖父母が子どものころにはまだ名前はなかったらしい。

——でも、いい名前だよねえ、夕やけだんだんって。

ここに来るたびに祖母がそう言っていたのを思い出す。

——ここで夕焼けを見ていると、なんだか満ち足りた気持ちになるんだよ。この名前には、そういう気持ちが詰まっている気がする。

いっしょに夕焼けを見ながら、そんなことを言っていた。

大輔さんはさっそくカメラをかまえ、階段のまわりの風景を撮りはじめた。坂の上にも古い建物がならび、階段坂を降りれば、そこは小さな店が立ちならぶ谷中銀座商店街。全長一七〇メートルの短い通りに六〇軒ものお店が軒を連ねる。

戦後、昭和二〇年ごろに生まれた商店街で、最近はレトロな街並みが人気を集め、近隣住民に親しまれているだけでなく、遠方から訪れる人もあとを絶たない。

大輔さんは階段一段ごとに立ち止まり、横に移動しながらカメラをかまえ、あちらを見たり、こちらを見たりしながら撮影している。

そういえば、お父さんもむかしはよく写真撮ってたっけ。

わたしが小学校にあがる前、夕やけだんだんの写真を撮ったこともあった。夕日の落ちる時間帯で、空も街も夕焼け色になっていた。何度も見たことのある風景なのに、あのときは魔法のようにきれいだ、と思った記憶がある。

——坂道はなあ、かっこよく撮るのが意外とむずかしいんだよ。

父はそのときそう言っていた。

——どうして？

——どうしてだろうなあ。お父さんも別に学校で勉強したわけじゃないからね。だから、むずかしい理屈はわからない。でも、なぜか実際の坂道みたいな迫力が出ないんだ。レンズを変えないといけないのかもしれない。けど、そこまではなあ。

区のアマチュア写真コンクールに応募するために、父は何度も夕やけだんだんに通い、写真を撮った。わたしもそのたびに連れていかれた。そのときの写真はコンクールで見事に入選して、区民ホールでおこなわれた優秀作展にしばらく展示されていた。

父は若いころ趣味で写真を撮っていたらしく、むかしは、家族旅行に行くときもいつもカメラを持っていっていた。大学時代から使っていた古いフィルムカメラで、みんなが持っているようなデジタルカメラは買おうとしなかった。

母からは、別にプロじゃないんだし、デジカメっていろいろ便利みたいだよ、と言われていたが、父は写真はやっぱりフィルムじゃないと、デジタルの写真は写真じゃないんだよ、と譲らなかった。

そう、父は別にプロじゃない。写真もどこかで習ったわけではなく独学だし、機材をたくさん持っているわけでもない。それまでもコンテストに応募したことはあったが、入賞したことはなかったみたいだ。

それが、そのときは三席を取った。通知を受け取った父のぽかんとした表情をよく覚えている。ごくふつうの会社員で、小学校のころまでさかのぼっても、芸術関係のことで評価されたことなどなかったらしい。

コンクールの表彰式のときも、なにを着ていったらいいのかわからない、とさんざん悩んで、結局いつもの会社用のスーツを着て出席した。表彰台にあがるときも、緊張してロボットみたいな動き方になっていた。

一席、二席の写真は機材を駆使して撮ったもののようで、父はこんな立派な写真と自分の写真がならんでいていいのか、と苦笑いしていたが、わたしは父の写真が誇らしく、どの写真より父の写真が好きだった。

選考委員の先生には、夕やけだんだんがもっともうつくしい時間が撮られていて、土地への愛を感じた、と評価されていた。あのときはよくわかっていなかったけれど、ここは父の生まれ育った土地で、その気持ちがにじみ出ていたのかもしれない、と思う。

その写真は、いまも父の部屋に飾ってある。カメラも棚に置いてある。でも、最近は外に持っていって写真を撮ることはない。もう撮らないの、と訊くと、夕やけだんだんの写真で燃え尽きたんだよ、と笑っていた。

いまはみんなスマホで写真を撮るようになって、デジタルカメラもあまり見かけない。父ももちろんスマホは持っているけれど、それで写真を撮っているのは見たことがない。母は自分のスマホであれこれ気軽に写真を撮っているのに。

デジタルの写真は写真じゃない。父はそう言っていた。父にとってはスマホの写真も写真じゃない、ってことなのだろうか。でも、写真じゃないってどういうことなんだろう？　紙に現像しないからだろうか。

時計を見るとあずきブックスに戻らなければならない時間になっていた。別れ際、大輔さんから、今度ひとつばたごに行っていいですか、と訊かれた。ひとつばたごの定例会は次の土曜日で、日時と場所をあとでメールで連絡します、と答えた。

3

三月のひとつばたごの定例会の会場は、大田文化の森だった。

大輔さんは大森《おおもり》駅から行くらしい。わたしも大森駅からになるので、駅で待ち合わせることにした。バスに乗るつもりでいたが、大輔さんにせっかくだから歩きながら町の風景を見たい、と言われ、三十分前に待ち合わせた。

当日は、今月のお菓子である「長命寺桜もち《ちょうめいじさくらもち》」を買うため、自宅近くの根津《ねづ》駅前から亀戸《かめいど》駅前行きのバスに乗った。二十分ほどバスに揺られ、言問橋《ことといばし》の近くで降りる。そういえば、最初にひとつばたごに行くときも、この桜もちを持っていった、と思い出した。

祖母のメモを見ながらこの場所まで来て、はじめて「長明寺桜もち山本《やまもと》や」にはいった。創業三〇〇年の老舗である。あのときはこれから行くひとつばたごにどんな人がいるのかも、連句とはどういうものかもわからず、少し不安だった。

去年は餡子《あんこ》が苦手な柚子さんが参加すると聞いて、「御菓子司塩野《おかしつかさしおの》」の「桜干菓子《さくらひがし》」に替えた。だからここに来るのは二度目。

連句をはじめて二年。祖母が亡くなってからは三年。連句やひとつばたごの人たちと出会ったことで、わたしも少しだけ変わった気がする。

蒼子《そうこ》さんから聞いていた人数分の桜もちを買い、押上《おしあげ》の駅へ。東京ソラマチのカフェで軽く昼食をとり、都営浅草線に乗る。新橋で京浜東北線に乗り換え、大森へ。

改札を出たあたりで待っていると、時間ちょうどに大輔さんがやってきた。

カメラを首からさげている。そうか、風景を見たい、というのはそういうことだったのか、とそのときようやく思い至った。

「お待たせしてしまってすみません」

大輔さんが頭を下げる。

「いいえ、時間ぴったりですよ。わたしもいま着いたところで」

「よかった。じゃあ、行きましょう。僕は大森ってはじめてなんですよ」

いっしょに歩き出し、駅の外に出る。

「え、なんですか、これ。すごい」

目の前にそびえる斜面を見て、大輔さんが感嘆の声をあげた。駅西口を出てすぐの通りの向こうには急な斜面があり、その途中に鳥居が立っていて、「天祖神社《てんそじんじゃ》」という神社への参道になっている。

そうか、大輔さんは坂が好きだって言ってたっけ。

「ここをあがると神社があるみたいですよ。わたしも連句会に来るだけで、まわりのことはよくわからないんですが。でも、航人さんの話だと、こちら側にはずっと高台が続いてるらしいです。駅の東側はもともとは海で、埋め立ててできた土地だから平らなんだって聞いた気が……」

「なるほど。そうか、大森っていうのは、大森貝塚があったところでしたよね。さっき駅のホームにも碑があった。あの神社、すごくのぼってみたいけど、そんなことをしてたら時間がいくらあっても足りないですね」

大田文化の森までは歩いて二十分程度だ。ただのぼるくらいなら間に合いそうな気もするが、上まで行ったらほかにもおもしろそうなものが出てくるかもしれない。

そうですね、とうなずき、歩き出した。

通りはゆるやかにくだっており、駅の反対側に抜けるガードのあたりからのぼり坂になる。その近くから、西側の斜面をのぼる坂が延びていた。

大輔さんはその坂を見ると、ちょっとすみません、と言って駆け出し、カメラをかまえはじめた。見れば西側にはずっと高台が続いている。

「いい坂ですねえ。途中からカーブしていて、すごく趣がある。大森は坂の宝庫ですね」

「このあたりに住んでいる航人さんもそんなことをおっしゃってました。航人さんが大田区民なので、ひとつばたごの連句会の会場はたいてい大田区の公共施設なんです。池上会館という本門寺《ほんもんじ》の近くの施設も斜面に建ってますし、池上梅園の和室もよく使うんですが、梅園も斜面にあって……」

「へえ。それだったら今度あらためて撮影に来ようかな。今日は連句会に来たわけですから」

大輔さんが笑った。

「ほんとに坂が好きなんですね」

「僕は大学で東京に出てきたので、東京の地形のことはあまりくわしくないんです。でもあるとき渋谷界隈を歩いていて、坂が多いな、って思って。それから興味を持って坂の写真を撮るようになったんですけど、まだまだ知らない場所ばかりで」

大輔さんは楽しそうに話しながら、ときどきちらちらと右手の高台を見ている。

航人さんが言っていたように、通りの右手にはずっと高台が延びていた。

これまで何度もこの道を歩き、そのたびに商店街のお店はながめてきたけれど、地形のことはあまり考えたことがなかった。同じ場所を歩いていても、人によって見るものはちがうんだな、となんだか新鮮だった。


環七《かんなな》を渡るとすぐに大田文化の森が見えてきた。前の広場を通り、建物にはいる。あちらこちらでとまりながらのゆっくりペースだったせいか、時間ぎりぎりになっていた。あわててエレベーターに乗って集会室のある階で降りる。

連句の会場になっている部屋には、もうほかのメンバーがそろい、お茶の準備も整っている。支度をしてくれたらしい鈴代《すずよ》さんたちにお礼を言って、席についた。

「きりん座の方でしたね。今日はよくいらっしゃいました」

となりに座った大輔さんに、主宰の航人さんが話しかける。

「はい。城崎大輔と言います。よろしくお願いします」

大輔さんが頭を下げた。

今日のメンバーは、桂子さん、蒼子さん、鈴代さん、陽一《よういち》さん、萌さん、蛍さん。直也《なおや》さんと悟《さとる》さんは仕事でお休みで、柚子さんも執筆のための取材で遠出しているらしい。蛍さんは連句の大会できりん座の人たちと話をしていたので、おたがいに覚えていたようで、笑顔であいさつを交わしている。

「じゃあ、さっそくはじめましょうか。大輔さんはここの会ははじめてですが、連句にはもう慣れてますよね」

「睡月さんの講座にも行ってらしたんでしょう？　じゃあ、大丈夫よねぇ」

桂子さんがふぉふぉふぉふぉっと笑う。

「たぶん……。大丈夫だと思います」

大輔さんは心なしか緊張しているみたいだ。

「『客発句《きゃくほっく》、脇亭主《わきていしゅ》』と言われますが、ひとつばたごでは発句や脇もそういう決まりなく、いつもみんなで出して決めてます。大輔さんもぜひ一句」

航人さんがにっこり笑う。大輔さんはうなずいて、目の前に置かれた短冊《たんざく》を一枚手に取った。わたしも一枚短冊を取り、歳時記《さいじき》を開く。

発句は挨拶句《あいさつく》。ここに来るまでのことや、着いて感じたことを書く。

大輔さんはペンを握ってしばらくじっと短冊を見つめていたが、やがてなにか書きはじめた。何度か手をとめ、宙に視線を漂わせてから、最後まで書く。一度見直してから短冊を持って立ち上がり、航人さんの方に歩いていく。

自分の句を考えるのも忘れて、大輔さんの動きを目で追っていた。同じ三月の会だからだろうか、自分がはじめてここに来て、句を出したときのことを思い返していた。ふと見ると、鈴代さんや萌さんも大輔さんの動きを見守っている。

大輔さんが航人さんに短冊を手渡すと、みんなほっと息をつき、おたがいに顔を見合わせ、少し微笑んだ。

「いいですね。大輔さんは今日の客人《きゃくじん》だし、この句からスタートしましょうか」

航人さんがそう言うと、桂子さんもとなりから短冊をのぞきこむ。

「いいんじゃなぁい？　発句らしくて、すごく素敵だと思うわぁ」

桂子さんが微笑む。みんなもゆっくりとうなずいている。

「あ、ありがとうございます」

大輔さんが戸惑ったように頭を下げた。

見ると、航人さんの前にほかの短冊はまだない。いつもはさっと書いて句を出す桂子さんや蒼子さんも出していなかったみたいだ。

睡月さんが来ると、航人さんはいつも睡月さんに発句を出してもらい、自分が脇を付ける。大輔さんに対してはそうは言わなかった。そう言えばプレッシャーになると思ったのかもしれない。でも内心は、あたらしい人の発句を望んでいたんだろう。ほかのメンバーも、だから短冊を出さなかった。

「じゃあ、蒼子さん、こちらでお願いします」

航人さんから短冊を受け取った蒼子さんがホワイトボードに句を書き出す。

うららかな日差しまぶしき坂の町

ホワイトボードにはそう書かれていた。

「お名前はどうしますか？」

蒼子さんが訊く。

「大輔でお願いします」

大輔さんは手元にあった短冊に漢字を書き、蒼子さんに渡す。蒼子さんはうなずいて、句の下に名前を書いた。

「大輔さんは大森、はじめてですか？」

陽一さんが訊いた。

「はい。大森の駅は、外に出たら目の前が崖で……。驚きました」

「天祖神社の鳥居もありますからね。僕も最初に見たときはやられました。まわりの商店街も昭和感があふれてるし、魅力的ですよね」

「ほんとですね。実は、僕は坂のある風景が好きで、よく写真を撮ってるんです」

大輔さんが答える。

「じゃあ、そのカメラはそのために？　いいカメラですね。ニコンですか」

陽一さんが目を細め、机に置かれた大輔さんのカメラをじっと見た。

「そうです。いつも持ち歩いていて。こんなに坂が多い町だと知っていたら、午前中から来て撮影してました」

「うーん、半日だとどうでしょう。大森近辺は坂が多いですからねえ」

陽一さんが笑いながら航人さんを見る。

「そうですね。大森から馬込《まごめ》にかけて、高台の上は坂の迷宮みたいになってますからね。半日じゃめぐりきれないかもしれませんよ」

航人さんも笑った。

「そんなに？」

大輔さんが目を丸くする。

「うちのあたりも坂ばっかりですよ。九十九谷《つくもだに》って呼ばれているくらいで、どこに行くにも、のぼったりくだったりの連続です。坂があるせいで方向感覚もおかしくなって、どこにいるかわからなくなる」

　航人さんが苦笑いする。

「だから坂の迷宮なんですね。ますます興味が湧いてきました」

　大輔さんがうれしそうに答えた。

「坂というのは魅力的なものですよね。もちろん人が住んでいるところはどこも歴史が積み重なっているものですが、斜面や階段の多い土地は足元の土の重なりを想起させます」

　航人さんの言葉に、大輔さんがうなずく。

「せっかくお客さまが発句を作ってくれたんだし、ここは航人さんが脇を付けた方がいいんじゃない？」

　桂子さんが笑った。

「いやいや、そこにあまりこだわらなくてもいいんじゃないですか。いつも通りみんなで考えましょうよ」

　航人さんが答えると、蒼子さんが、そうですね、と言ってペンを取る。みんなつられてペンを握り、短冊に向かった。わたしも歳時記をペラペラめくる。さっき大輔さんと歩いた大森の商店街と、その向こうの高台に思いを馳せる。

言葉が泡のように湧いてくるが、なぜかそれ以上ふくらまない。つかみどころのない思いが広がっては消える。どうしようかと思っているうちに、二枚、三枚と航人さんの前に短冊がならんでいく。

「うん、いいですね。今回はこちらにしましょうか」

航人さんが短冊を一枚取り上げた。

あちらこちらに響く囀《さえず》り

短冊にはそう書かれている。どうやら蒼子さんの句らしい。

「人が暮らす町に、鳥の囀りが満ちている。人々の生活は鳥にとっては関係のないことですが、その組み合わせがいいですね」

「ありがとうございます。朝になるとどこからか鳥の声が聞こえてくるんですが、でも姿を探そうとしても見つからない。それが不思議で。鳥の目からはわたしたちの暮らしがどう見えるのか、ちょっと気になったりして」

蒼子さんがそう言うと、蛍さんが大きくうなずいた。

「不思議ですよねえ、声は聞こえるのに姿は見えない。うちのあたりは林が多いので、朝は鳥の声が聞こえるんですが、声の主が見えないことが多くて」

「鳥くらいですよね、都市部に住んでいる野生の動物って。まあ、虫は別として、ですが。やっぱり飛べるからなんでしょうね。人間と共存できるのは」

「鳥は恐竜の子孫だって言いますよね。知能も高いって。しかも飛べる。あきらかに人間にできないことができるから、すごいなあ、って思うんですよ。鳥こそが最強の生き物なんじゃないかって」

陽一さんと萌さんが口々に言う。

「鳥の話もいろいろあると思いますが、そろそろ次の句を考えましょうか」

航人さんが笑った。

「あ、そうですね、すみません」

萌さんがあわててペンを手に取る。

「ここはまだ春ですよね」

蛍さんが訊くと、航人さんがうなずいた。

「春の五七五ですね。発句が場《ば》の句ですから、ここは場以外。そして、第三《だいさん》なので『て止め』です。もう耳にタコができるほどだと思いますが」

連句では一句目を発句、二句目は脇と呼ぶ。この二句でひとつの世界を作り、三句目の第三では、そこから大きく転じる。第三で仕切り直して、その後に続いていくという意味を込めて、第三は「〜して」「〜にて」など、続く感じで終わる、とも決まっている。

発句と脇は当季《とうき》、つまり三月のいまは春を詠《よ》むことになっている。発句の季語は「うららか」、二句目は「囀り」。春と秋は三句から五句続けるから、ここはまだ春、ということになる。

そして、連句では句を大雑把に自《じ》・他《た》・場・自他半《じたはん》の四つに分けて考える。自は自分のことを詠んだ句、他は他人を詠んだ句。場は人の出てこない句で、自他半は自分と他人両方が出てくる句である。

前の前の句は打越《うちこし》と呼ばれ、この自他場が打越と同じにならないようにするというのが、連句の基本的なルールである。発句と脇は春の町の風景を詠んでいる。どちらも人がいないから、第三には人を登場させる、ということだ。

歳時記をめくり、春の季語を探す。発句と脇が町を詠んだものだから、そこから離れた方がいいのだろうか。第三はむずかしい。大きく離れると言っても、無関係というわけにもいかない。どれくらい離れていればいいのか、いつもすごく迷う。

大輔さんと歩いていたことを思い出すうち、夕やけだんだんでの出来事も頭によみがえってきた。大輔さんは坂が好きでよく写真を撮っていると言っていた。坂が好き。不思議な感覚だ。これまで、坂を好きとか嫌いとか考えたことなんてなかった。のぼるのがたいへんだな、と思うくらいで。

　でも、たしかに夕やけだんだんから見る谷中の風景や夕焼け空は心に残る。絶景というほどではないけれど、高いところから見渡す景色には魅力がある。

　空を飛ぶ鳥の視線と似ているからだろうか。さっき萌さんも言っていたが、人間は飛ぶことができない。でも、だからこそ飛ぶことに憧れる。わたしも子どものころは鳥のように飛んでみたい、とよく思っていた。

　前句が囀りだから、鳥からの発想で空を飛ぶことについて詠むのもいいかも。でも、付きすぎだろうか。それに春の季語を入れなければならないんだ。なににしよう。歳時記をめくって考えをめぐらせたが、なかなか思いつかない。

　しばらくペンを動かす音だけが響き、短冊が何枚か航人さんの前に出された。

「なるほど、これはおもしろい。『春昼《しゅんちゅう》のジュラ紀の海に漕ぎ出して』」

　ジュラ紀……！　たしか恐竜が生きていた時代……。

「鳥から恐竜という発想ですね。これは、桂子さん？」

　航人さんが見ると、桂子さんが笑顔でうなずいた。

「ここはこれでいきましょうか」

　航人さんが短冊を渡すと、蒼子さんがホワイトボードに句を書き出す。

春昼のジュラ紀の海に漕ぎ出して

「ジュラ紀……。おおお、雄大ですねえ」

陽一さんが息をつく。

「いろいろ考えてみましたが、これにはちょっとかなわないです」

鈴代さんが笑った。その通りだと思った。付いているけど離れている。これ以上の句は作れそうにない。

「すごいですね。坂の町から一気にジュラ紀に来てしまった」

大輔さんが目を丸くしている。

「連句は『付く』ことも大事ですが、それと同じくらい『離れる』ことが大事なんですよね。『付く』と『離れる』をくりかえす。だからリズムが生まれる」

航人さんが言った。

「第三から見ると、この囀りというのがいまの鳥ではない、ジュラ紀の恐竜たちのものかもしれない、という気がしてきます。鳥と同じように鳴く恐竜がいたという説を読んだことがあります。ダイナミックな転じですね」

大輔さんがうなった。

「詠むのは実景じゃなくていい。自分以外の人になりきって詠んでもいい。連句は自由ですから。じゃあ、ここで春からは離れて、次は雑《ぞう》ですね。脇も場の句なので、次も人のいる句にしましょう」

航人さんが微笑む。雑とは季節のない句である。連句では、季節が変わるときにはたいていこの「雑」と呼ばれる季節なしの句をはさむ。

「わたしもこのジュラ紀の波に乗らないと」

鈴代さんがそう言ってペンを握った。

「ジュラ紀の波！　乗りたいです！」

蛍さんもうなずいて短冊を手に取る。みんなじっと黙って宙を見あげたり、指を折って字数を数えたり、短冊に文字を書きつけたりしはじめた。

ジュラ紀の波にはわたしも乗りたい。目を閉じ、恐竜のいる世界を思い浮かべる。前に見た映画『ジュラシック・パーク』のシリーズを思い浮かべる。

脇から第三の距離よりは近くていいはずだが、ここにそのまま恐竜を出すのはさすがに付きすぎ。それに、四句目《よんくめ》は軽い句がいいと言う。アクの強い句ではなく、次になんでも付けられるようなさりげない句。

前にそう言われたのを思い出し、頭のなかのジュラシック・パークの映像を消す。そしたら、このジュラ紀の海をだれかの見た夢だということにしようか。昼寝をしながらゆったりと海に漕ぎ出している……。

昼寝はたしか夏の季語だ。だからここでは使えない。それに、夢は恋につながるから表六句《おもてろっく》では禁じ手だ。連句では、最初の六句は恋や死や宗教など派手なことを詠んではいけない、というルールがある。

昼寝や夢という言葉を使わなければいいのかな。目覚めたところにするとか。人のいる句にしないといけないから、自分が目覚めたことにして……。

頭のなかに朝の風景が広がる。部屋で目覚めて、着替えて、リビングに出て……。うちは父も母も仕事があって、出る時間がまちまちだ。だから思い思いに朝食をとることが多い。わたしはまずコーヒーを淹《い》れる。

ジュラ紀の夢……。雄大だけど、恐竜のいる世界だからそれなりにたいへんな冒険だったのかもしれない。そんな壮大な夢を見て、朝からぼんやりしているかも。そういうときはとびきり苦いコーヒーがいい。

苦いコーヒー。その言葉が頭に浮かび、自然と句の形になった。

目覚めて淹れる苦いコーヒー

短冊に書き、航人さんの前に置く。いちばんのりだった。

「ああ、いいですね。ここまで外の広い風景が多かったですし、こういう小さな風景を詠んだものが良さそうです。この句にしましょう」

航人さんが短冊を蒼子さんに渡す。

「ありがとうございます」

わたしは頭を下げた。

うららかな日差しまぶしき坂の町　　大輔
　あちらこちらに響く囀り　　蒼子
春昼のジュラ紀の海に漕ぎ出して　　桂子
　目覚めて淹れる苦いコーヒー　　一葉

ホワイトボードに句がならぶ。

「なんだか新鮮。やっぱりあたらしい人がやってくると、雰囲気が変わるわぁ」

桂子さんが目を細める。

「そうなんでしょうか。僕のはおとなしい句のような気がしますが」

大輔さんが不思議そうな顔をした。

「それでもやっぱりあたらしいんですよ。あたらしい人はあたらしい風を運んでくる。それも連句にとっては大事なことです。変わっていくことが連句ですから」

航人さんが笑った。

順調に表六句が終わり、裏《うら》にはいっておやつタイムになった。わたしが桜もちを出すと、久しぶり、と歓声があがった。去年の干菓子もおいしかったけれど、やはり定番の良さがある。

桜もちを食べながら、みんなで大輔さんからきりん座の話を聞いた。航人さんや桂子さん、蒼子さんは、茜さんが言っていた卯月さんや、卯月さんの師匠である俊《とし》生《お》さんという人のことも知っていたようで、しばし思い出話に花が咲いた。

大輔さんはひとつばたごの連句がきりん座で巻くときとは少しちがう、と言っていた。どこがどうとは説明できないが、ひとつばたごの連句は大きくてゆったりしている気がする、と言う。

そうして、前からきりん座に関心を持っていた蛍さんとともに、きりん座の四月の定例会に行く約束をした。

――あたらしい人はあたらしい風を運んでくる。

航人さんのさっきの言葉を思い出しながら、きりん座であたらしい人たちと巻くことがますます楽しみになった。わくわくするような、緊張するような。わたし自身もきりん座の人たちにとって「あたらしい風」になれるだろうか。

変わっていくことが連句だ、と航人さんは言っていた。だから、とにかく楽しんでみよう。窓の外をよぎる鳥たちをながめながら、そんなことを考えていた。

未来への手紙

1

「ひとつばたご」の定例会の帰り、大輔さんから「きりん座」で出している同人誌を受け取った。ページ数は少ないが、ブックデザインのプロがふたりいるだけあって、商業雑誌とくらべても遜色ないしっかりした造りだった。

内容も、連句専門というわけではなく、短歌、エッセイなどがならぶなかに連句もはいっている、という形で、なかなか読み応えがあった。泰子さんに見せると、これだけきちんとしているならお店にも置けるね、とうなずいていた。

「でも、ただ置いておいてもほかの本に埋もれてしまうからねえ。こういう自主制作の雑誌がならんでいる棚があるといいのかもしれないけど」

泰子さんは腕組みする。たしかにその通りだ。自主制作の雑誌もいくつか扱っているが、ほかの本に埋もれて売れ行きはいまひとつだった。

いろいろ相談して、カフェスペースにあるおすすめ本の棚の一画にそうした本のコーナーを作ってみようか、という話になった。

もともとその棚にある本はどれも泰子さんの私物で、カフェのお客さんの閲覧用だ。気に入った本があれば書店で買ってもらう。だが自主制作の雑誌は直取引《じかとりひき》だから、サンプルといっしょにOPP袋に入れた商品も置いて、カフェでそのまま買う形式にもできそうだ。

四月の第一土曜には蛍さんといっしょにきりん座に行くことになっているから、そのときに条件などを相談してみることにした。


きりん座の定例会の会場は蔵前《くらまえ》の川沿いにあるカフェらしく、大輔さんから店のURLが送られてきた。蛍さんと相談して、手土産を持っていくことにした。

ひとつばたごでは祖母の遺したリストもあったし、季節感を重んじて和菓子を選ぶことが多かったが、きりん座は若い人ばかりだし洋菓子でもいいんじゃないですか、と蛍さんは言っていた。

大学四年の蛍さんは就職活動で忙しくなっているようで、買い物に行くのはむずかしいらしい。わたしも年度の変わり目で「あずきブックス」とポップの仕事が詰まっていて、遠くまで行く時間の余裕はない。

近場で買える洋菓子……と考えていて、谷中にある「パティシエ　ショコラティエ　イナムラショウゾウ」を思いついた。ケーキとチョコレートのお店で、何度か食べたがどちらもとてもおいしかった。あの店ならあずきブックスから歩いて十分くらい。お昼休みに買いにいける。

会場のカフェがメンバーの知り合いのお店だということで、軽食とデザートが出ると言っていた。ケーキだとぶつかってしまうかもしれないが、チョコレートなら大丈夫だろう。あの店のチョコはあまり日持ちしないが、その場で食べるなら問題ない。蛍さんにお店のサイトを伝えると、いいですね、と賛成してくれた。

連句会の前日、早めにお昼休みをとって「パティシエ　ショコラティエ　イナムラショウゾウ」に向かう。ガラス張りの外観で、外からもケーキやチョコレートのディスプレイが、入口左手には菓子職人さんが立ち働く工房の様子が見える。人気店だけあって、店の壁面から角に沿って行列ができ、八人ほどがならんでいた。

オーナーシェフの稲村省三《いなむらしょうぞう》さんはホテルのパティシエをつとめたのちに渡欧し、スイスやフランスでお菓子作りを学んだ。帰国したのち、まず「パティシエ　イナムラショウゾウ」、その後「ショコラティエ　イナムラショウゾウ」をオープンしたらしい。その後二店が統合し、今は「夕やけだんだん」からほど近いショコラティエだったほうの店舗でケーキもチョコレートも扱っている。

「上野の山のモンブラン」などのケーキのほか、シュークリームや焼き菓子も有名で、雑誌にもよく取りあげられている。だが、今日の目当てはチョコレート。どれも正方形だが表面の細工が種類ごとに異なり、とてもかわいいのだ。

夕やけだんだんをイメージして作ったという「谷中」の表面には階段のような凹凸模様がある。味もしょうがとミルクチョコレートの組み合わせと少し変わっている。この前夕やけだんだんを見た茜さんたちにはこの「谷中」をおすすめしたいところだが、ほかの味も捨てがたい。

きりん座メンバーは八人と聞いていた。そこに蛍さんとわたしを入れて計十人。「まっ茶」「ベルガモット」「ミエル」「パッションマンゴ」「プラリネノワゼットキャラメリゼ」など別々のチョコを選び、箱に入れてもらった。

帰り際、ちらっと夕やけだんだんを見に行った。父の写真のことを思い出し、いつか父にカメラのことを聞いてみようと思った。

2

土曜日、蔵前の駅で蛍さんと待ち合わせをした。蔵前はうちからはそれほど遠い場所ではない。バスで上野松坂屋前に出て上野御徒町駅に移動し、都営大江戸線に乗って二駅。

だが、あまり行ったことがない。浅草《あさくさ》には行くけれど、蔵前に行く用事がなかったのだ。最近では「東京のブルックリン」と呼ばれておしゃれな雑貨屋さんやカフェがたくさんあるという話だが、全然知らなかった。

蛍さんは「蔵前には素敵な文具屋さんがあるんですよ」とテンションが高く、連句会の前に寄りたいという。筆記用具の品揃えが良い「カキモリ」という店で、サイトを見るとオーダーインクを作れるスペースもあるという。

オーダーインク作りには予約が必要でそこまではできないが、わたしもお店の雰囲気に惹かれ、早めに待ち合わせ、いっしょに行ってみることにした。

蛍さんと落ち合い、地図アプリを見ながらてくてく歩く。道はしずかで人通りも少ない。ほんとにこっちでいいのか、と不安になったが、これでいいらしい。おしゃれな雑貨屋さんやカフェがあるとの噂だが、商店街のように店がならんでいるわけではないみたいだ。

途中、「自由丁《じゆうちょう》」というお店の前を通りかかった。「未来へ手紙を書く」といううたい文句が書かれている。それほど広くはないが、なかをのぞくと本棚がならんでいて、席はすでにほとんどいっぱいだ。

「不思議な店ですねえ」

蛍さんはかなり興味を持っているみたいだ。わたしも未来へ手紙を書くというのがどういうことなのか気になったけれど、連句会の前に文具店に行って、昼食もとらなければならないのだ。あきらめてさらに道を進んだ。

しばらく歩いて「カキモリ」にたどり着いた。前面がガラス張りのおしゃれな店だった。つけペン、万年筆、ガラスペンなどさまざまな筆記用具と、便箋、封筒、手帳などが品良くならんでいる。

カキモリのインクには「とろり」「ぽっ」「とっぷり」「ざぶん」など擬音の名前がついている。奥には紙を選んでリングノートを作れるコーナーもある。素敵な品揃えにわたしもテンションがあがった。

小さなドアを抜けて階段をのぼると、オーダーインクを作るスペースだった。椅子に腰かけた人たちがインクの小瓶の蓋についたスポイトから小さなカップにインクを垂らし、混ぜ合わせている。

「やってみたいですね」

蛍さんがつぶやくのが聞こえる。

「また時間があるときに来ましょう」

蛍さんが両手をグーにして小さくかまえる。

「そうだね」

わたしも同じように両手をグーにした。

カキモリに長居してしまい、昼食は大通り沿いのカフェで急いでとった。

「このところ就職活動で頭がいっぱいで……。今日は気分転換のつもりで思い切って来たんです」

蛍さんはカフェオレを飲みながらそう言った。

「実はもう何社も書類落ちをしていて……。書類で通っても適性検査で落ちたり。最初は毎回落ちこみましたけど、だんだん、もうこれはこういうものなのかな、と開き直ってきてます」

蛍さんは少し辛そうに笑った。

「そうだね。入社試験で判断されるのは、会社が求めている人材かどうかってことだから」

「企業は神様じゃないんだから、わたしという存在が否定されたわけじゃない。親にも就職課の人にもそう言われましたし、自分でもわかってるつもりだったんですけど」

わたしも就職活動のときに同じようなことを何度も言われた。その通りだと頭ではわかる。でも、やっぱり落ちこみはする。自分は役に立たない人間なんじゃないかと思い、悩んだ。

「わたし、つくづくそういうことに慣れてなかったんだな、と思いました。勉強すればするだけ点があがるわけじゃない。エントリーシートを一生懸命書いたところで受かるわけじゃない。なにをすればいいのかわからなくなってしまって。文章力には自信があったんですけどね。それももうがたがたで……」

蛍さんが大きくため息をつく。

「企業の求めている文章って、文芸的なものとはちがうからね」

「そうなんですよ。卒業論文の書き方の指導も本格的にはじまって、そっちでもいろいろ言われて。論文は主観じゃないから、とか……」

蛍さんほど感性が豊かだと、論証する書き方には向かないのかもしれない。

「今年は海月《くらげ》の大学受験もあるじゃないですか。親の気持ちを考えると、わたしが早いうちに内定を取って安心させて、海月の受験勉強のサポートもして、って考えてたし、心のどこかで自分にはできると思ってたんですよ」

海月さんというのは蛍さんの妹さんで、ひとつばたごにも何度か来ている。今年は高三だと聞いていた。

「五月の連休までに内定を取るつもりだったんです。でも、もうそれも無理かも……。海月の方が落ち着いてて、毎日こっちが慰められる始末で。情けないです」

蛍さんはうなだれた。なんとなく思い浮かぶような気がした。海月さんは、連句の大会で会ったとき、模試の成績もいまひとつで、と言っていたが、落ちこんでいる様子はなかった。余裕があるというか、性格の問題かもしれない。

「蛍さんが完璧主義すぎるんだよ。たしかに大学受験もたいへんだけど、就職活動はそれ以上にたいへんだよ。海月さんの心配までしないで、まず自分のことに集中するのがいいんじゃない？　大学受験はまだ少し先の話だし」

「そうなんですけどね」

蛍さんは目を伏せ、もう一度ため息をついた。

「さっき、未来に手紙を書くっていう店があったじゃないですか。わたし、あの店にめっちゃ惹かれて。未来じゃなくて、過去の自分に書いてもいいのかな、って」

「過去の？」

「もう、とにかく、なんか、いままでの自分は全部まちがってたんじゃないか、って気分なんです。ほんとだったら、去年、三年生のときにもっとインターンに行っておくべきだったし……。なのに、小説を書く方を優先させちゃって。いましかできないことだから、って。就活はなんとかなると思ってたんですよね」

「待って、待って。まだ四月だよ。これからなんだし」

そこまで自分を追い詰めなくてもいいんじゃないか、と焦った。

「でも、行きたいと思ってた出版社は全部落ちちゃったんですよ」

蛍さんは泣き出しそうな顔になる。やっぱり蛍さんは出版社志望だったのか。わたしが最初に会ったとき、蛍さんは大学二年生。文才があって、優秀な学生さん、と聞いて、当時無職だったわたしはちょっと引け目を感じていた。

「あ、でも、今日はここに来てよかった、って思ってるんです。今月のひとつばたごは就活の予定と重なっちゃって行けないので、連句を巻いておきたくて。だから、今日は就活のことは忘れて、しっかり楽しもうと思ってます」

蛍さんは胸の前で両手をぎゅっとグーにし、がんばって笑顔を作っている。

「そうか、そうだね。気分転換、大事だと思うよ」

そう答え、わたしも笑顔を作った。


連句会がはじまる二十分前に店を出て、送ってもらった地図を頼りに会場のカフェに向かって歩いた。カフェは大通りを挟んでカキモリとは反対側で、地図を見ると川のすぐ近くにあるみたいだった。

古いビルがならんでいるが、その中にぽつんぽつんとおしゃれな内装の店が見え、なるほど、こういうのが「東京のブルックリン」的な店なのか、と妙に納得する。だが目的のビルはなかなか見つからず、こっちでいいのか不安になった。

「あ、あれじゃないですか」

蛍さんがビルを指して立ち止まる。見ると、一階に飲食店がはいった建物があった。入口前に看板が出ていて、どうやら各階に飲食店や事務所がはいっているらしい。そのなかにメールに書かれていたカフェの名前もあった。

「ちょっと緊張しますね」

「なんか、おしゃれな雰囲気だね」

蛍さんと顔を見合わせた。公共施設でおこなっているひとつばたごとはずいぶん様子がちがう。エレベーターのボタンを押すと扉がすぐに開き、蛍さんといっしょに乗りこんだ。五階に着き、エレベーターを降りる。

昭和期に建てられたような古いビルで、そこもまた味わいがあった。扉を開けると目の前にテラスがあり、隅田《すみだ》川とスカイツリーが見える。

「スカイツリーが見える！　かっこいいですね」

蛍さんが驚いたように声をあげた。

「あ、一葉さん、蛍さん、こんにちは」

店の奥から茜さんが出てきた。

こんにちは、お世話になります、と答えながら、ふたりでお辞儀をした。

「場所、すぐにわかりました？　ちょっとわかりにくいかな、と思って、さっき大輔さんが迎えに出たんですよ。会いませんでした？」

「会ってないです。どこかで行きちがっちゃったのかもしれません」

「じゃあ、呼び戻します。席は奥にあるんで、先に座っててください」

奥の方を指してから、茜さんはスマホを取り出した。言われるままに奥に進む。ソファ席にこの前会った一宏さんと七実さんが座っているのが見えた。七実さんがわたしたちに気づいて立ちあがり、どうぞ、と手招きした。

ソファも古びているが、センスがいい。

ここで連句を……？　どぎまぎしながら席に近づく。もうひとりこちらに背を向けて座っている男の人がいるのがわかった。前にまわり、七実さんに示された席に腰かけようとしたしたとき、その人の顔が見えた。

えっ。

思わず声が出そうになった。

今井《いまい》先輩……？

「一葉さん、どうかしましたか？」

横から蛍さんに話しかけられ、我に返った。ぼうっと立ち尽くしているわたしを見て、不思議に思ったらしい。

「あ、ごめん。なんでもない」

わたしはそう言ってソファに腰かけた。正面に座っている男の人をちらっと見る。細いメタルフレームの眼鏡をかけているが、よく見れば今井先輩とは別人だった。

あたりまえだ。今井先輩がここにいるはずがない。

今井先輩は、大学の三、四年ゼミのひとつ上の先輩である。ずっと憧れていたけれど、直接話したのはほんの数回。今井先輩は無口な人だった。四年のほかの先輩たちとも距離を取っているようで、ゼミが終わるとさっさと帰ってしまう。

後期になると卒論で忙しいのかゼミを休みがちになり、会える機会はますます少なくなった。ゼミの先生関係のパーティーに今井先輩も出席すると聞いて、ほかの予定を断って参加したけれど、結局そこでもなにも話しかけられないまま。

わたしが今井先輩に憧れていることは、ゼミ仲間にも話さなかった。あたったり、砕けたりどころか、自分の気持ちをしっかり自覚することさえないまま終わってしまった。

「はじめまして、岸本《きしもと》です。ここでは久輝って呼ばれてますけど」

前の席の男の人がそう言ってこちらを見る。この人が久輝さんなのか、と思った。切長の目や尖った顎《あご》が今井先輩に似ている。だが、別人だ。

「はじめまして、ひとつばたごの蛍です。よろしくお願いします」

蛍さんはにっこり笑って頭を下げる。

「一葉です。よろしくお願いします」

わたしもそう言って座ったまま軽くお辞儀した。

「こんにちは。今日はよくお越しくださいました」

奥の方から女性が出てきた。

「わたしは相川《あいかわ》です。連句では翼って名乗ってます」

黒髪のおかっぱに、刺繡のはいった黒いワンピースを着ている。きりん座の創設メンバーのひとりで、紙の商社に勤めているらしい。書籍などに使われるファンシーペーパーを数多く扱う会社で、わたしも名前は知っていた。

「ここはわたしの姉の店なんです。夕方からの営業なので、昼間だけ貸してもらっていて。夕方から店の奥で仕込みがはじまりますが、気にせずに」

翼さんが言った。

「素敵なお店ですよね。内装もおしゃれだし、スカイツリーが見えて……」

蛍さんが高揚した声で言った。

「花火大会もよく見えるらしいですよ」

七実さんが言った。

「スカイツリーが見えるのも素敵なんですけど、空が広いのがいいんですよね」

「テラスのすぐ前が隅田川だから建物がなくて、空が広く見えるんですよ」

七実さんと一宏さんが窓の方を見る。

「水のそばっていうのは、それだけで気持ちが開放的になるんですよね」

久輝さんが薄く微笑む。そういう笑い方がまた今井先輩と似ている気がして、思わずじっと見つめそうになり、目を伏せた。

「飲み物はどうしますか？　紅茶とコーヒーがありますけど」

翼さんに訊かれ、蛍さんは紅茶、わたしはコーヒーと答えた。

「すみません、行きちがいになっちゃったみたいで……」

入口の方から大輔さんがはいってくる。

「いえ、こちらこそ、すみません。」

わたしは頭を下げた。

「今日は未加里《みかり》さんと征斗《まさと》さんはお休みだから、これで全員そろいましたね。じゃあ、そろそろはじめましょうか」

茜さんはカバンから取り出した短冊を真ん中のテーブルに置き、ひとりがけのソファに腰かける。大輔さんもあわてて久輝さんのとなりに座った。

3

今日巻くのは春はじまりの半歌仙《はんかせん》。捌きは茜さんだ。ひとつばたごで巻くのはいつも句が三十六連なる歌仙《かせん》だが、きりん座の定例会で巻くのはその半分の半歌仙らしい。一月の大会で巻いたのと同じ形式だ。歌仙にも憧れますけど、初心者が多いのでなかなか踏み出せなくて、と一宏さんは言っていた。

茜さんから、発句はぜひおふたりに、と言われた。蛍さんはちょっと考えてから短冊にすらすらと句を書いて出す。

「『春の風川面に光戯れる』。素敵ですね、じゃあ、こちらにしましょう」

短冊を見るなり、茜さんが微笑んで言った。会議室とちがってここにはホワイトボードのようなものはない。代わりにテーブルの真ん中にA3の紙が置かれていて、翼さんがきれいな字で句を書き写す。

「素敵な句ですね」

七実さんが言った。

「このお店にはいって川が見えたとたん、なんとなく浮かんだんです。家が東京の西側なので、この景色がすごく新鮮で」

蛍さんがはきはきと答える。

「たしかに。その場所の風景から受ける印象って大きいですよね」

七実さんがうなずく。

「ひとつばたごでよく使う会場だと、坂やお寺、商店街が近いんですよね。だからそういう句が多い気がします」

蛍さんが言った。

「じゃあ、脇は捌きのわたしが付けますね」

茜さんが短冊を手に取った。一気に句を書き、テーブルの真ん中に押し出す。

「ひらりひらりと舞い踊る蝶」。短冊にはそう書かれていた。蝶が春の季語である。川面の光と蝶の動きがよく付いている。第三はまだ春が続く。どうしようかと考えながら、つい目の前で短冊に向かっている久輝さんを見てしまう。

今井先輩、いまはどうしているんだろう。地方出身で、地元に帰ったという話だったけど……。いつのまにか考えがまた先輩の方に向かっている。

わたしはなんで先輩としっかり話さなかったんだろうな。結局、今井先輩のことはなにもわからないまま。我ながら臆病だな、と思う。それより前も、子どものころも含めて、自分が気になっている人のことを友だちに話したこともない。自分から相手に告白したことももちろんない。

臆病というか、結局、失敗して自分が傷つくのが怖いんだ。

――さっき、未来に手紙を書くっていう店があったじゃないですか。わたし、あの店にめっちゃ惹かれて。未来じゃなくて、過去の自分に書いてもいいのかな、って。

お昼を食べたときの蛍さんの言葉が頭によみがえってくる。

告白したことも、自分の気持ちをほかの人に話したこともない。だから失敗せずにここまで生きてきた。失敗はしてない。でもそれって要するに、なにもしてなかった、ってことなんじゃないか。

　そのときカタンという音がして、見ると久輝さんがペンを置いている。書きかけの短冊を折って横に置き、もう一枚短冊を手に取る。書きあぐねているみたいだ。

　わたしも句を考えなくちゃ。歳時記をめくり、春の季語を目で追った。発句が場の句だから、ここは人のいる句。川から蝶と外の風景が続いたし、ここは室内を詠んだ方がいいかも。

　ふと「オレンジ」という季語に目が留まる。オレンジも季語なのか。オレンジ……。オレンジをふたつに切って搾《しぼ》るところを想像すると、頭のなかがオレンジの香りでいっぱいになる。味じゃなくて、香り。この香りを詠んでみたい。

　手紙を書く句はどうだろう。「手紙書く」は五音だけど、第三は最後を「て止め」にしないといけない。「書いて」だと三音だから、「書いていて」とか？

　いや、ここは手紙だから「したためて」にしよう。そこまで思いつくと、自然と「便箋にオレンジの香をしたためて」という形になった。短冊に書きつけ、そろそろと茜さんの前に出す。

「一葉さんの句、素敵ですね。こちらにしましょう」

茜さんにそう言われ、ほっとした。その後、四句目には翼さんの「青磁の皿にお茶菓子を置く」、五句目の月には久輝さんの「満月を映して眠るビルの窓」、六句目には七実さんの「朝霧のなか帰宅する人」が付いて、表六句が終わった。

「じゃあ、おやつにしましょうか」

翼さんが立ちあがり、店の奥に行く。

「手伝います」

大輔さんと七実さんがあとを追った。

「あの、実は手土産を持ってきて」

紙袋からチョコレートの箱を出し、茜さんに手渡した。

「ええっ、ありがとうございます。なんでしょう？　チョコレート？」

茜さんが箱をじっと見る。

「はい。谷中の近くのお店で、とてもおいしいんです」

「これ、もしかしてイナムラショウゾウのですか？」

一宏さんに訊かれ、うなずいた。

「やっぱり。前から気になっていたんですよ。この前、谷中に行ったときには忘れてて。あとで翼さんから言われて、後悔してたんです」

「茜さんも一宏さんもチョコ好きだからねえ」

久輝さんが含み笑いした。

翼さんたちを待つあいだ、あらためて紙に書き出された表六句を見返した。

春の風川面に光戯れる　蛍
　ひらりひらりと舞い踊る蝶　茜
便箋にオレンジの香をしたためて　一葉
　青磁の皿にお茶菓子を置く　翼
満月を映して眠るビルの窓　久輝
　朝霧のなか帰宅する人　七実

ルールはひとつばたごとまったく同じだ。でもなんとなくひとつばたごの連句とはちがう。どこがどうとは言えないけれど、なんとなく軽やかでシャープな印象だ。そのちがいが新鮮だった。

「お待たせしましたぁ」

七実さんの声がして、トレイを持った七実さんと翼さんが戻ってきた。トレイの上のお皿をテーブルに置く。手でつまめるプチオードブルと小さなサンドイッチと焼き菓子のようなものが載っている。

「焼き菓子はケークサレです」

わたしがポップの仕事を請け負っているパン屋「パンとバイオリン」にもケークサレがあった。パンとバイオリンのものにくらべて形は小ぶりだが、こんがりした焼き色がついておいしそうだ。

「おかずケーキなので、甘くはないです。安心してください」

翼さんが久輝さんに言う。久輝さんは甘いものが苦手なのかな、と思った。

「すごい豪華ですね。アフタヌーンティーみたいです」

蛍さんが目を輝かせている。

「そうですねぇ。段になったお皿じゃないですけど」

翼さんが微笑む。

「これ、全部翼さんが作って持ってきてくれたんですよぉ」

七実さんが言う。

「姉が教えてくれるんです。わたしももともと料理は好きなので」

「今日は、一葉さんがチョコレートを持ってきてくれたんだよ」

茜さんがテーブルの上の黄色い箱を指す。

「あ、イナムラショウゾウじゃないですか！」

翼さんに訊かれ、うなずく。

「前に人からもらって食べたことがあるんです。おいしいですよね」

小皿をみんなにまわし、コーヒーと紅茶のポット、砂糖やミルクが置かれた。あとは個々に自分で注ぐスタイルらしい。

オードブルやサンドイッチを小皿に取り、少しずつ口に運ぶ。どれもオーソドックスだが丁寧に作られていてとてもおいしい。

「チョコも開けてみましょう」

茜さんが箱を手に取った。箱のなかからチョコの中身の説明のリーフレットが出てきた。イナムラショウゾウのチョコの形は全部正方形。上の装飾で種類を見分ける。リーフレットにはモノクロの線画で装飾が描かれ、中身が記されている。

「へえ、『谷中』っていうのがあるんですね。なるほど、この何本かはいっている線が夕やけだんだんの階段なのか。左上についている小さな金箔はもしかして夕日かな。中身はしょうがとミルクチョコレートのマリアージュ……」

大輔さんがリーフレットを読みあげる。

「それ、すごくおいしいんですよ。前に食べたとき感動しました」

翼さんが言った。谷中を希望する人が多かったのでジャンケンになり、結局谷中は茜さんのものになった。それぞれ説明書きを見ながらひとりずつ選んでいく。

「カカオ七〇パーセントのもあるんだ。僕はこれをいただきます」

久輝さんはそう言って、ビターなチョコを選んだ。

「先輩はなんで甘いものダメなんですかね。おいしいのに」

大輔さんが不思議そうな顔になる。

「大輔さんは甘いの好きだよね。スイーツ男子だ」

七実さんが笑った。

4

お茶の途中で、きりん座の同人誌の話を切り出した。あずきブックスで扱えそうだと説明すると、七実さんが、やったぁ、と声をあげた。

「うれしいですね。本屋さんに置かれるのが夢でしたし」

翼さんが微笑む。

「ただ、薄いものなので、書店に置いても埋もれてしまうから、最初は書店スペースではなくカフェスペースの棚にならべることになりそうです」

「カフェスペースの棚？」

翼さんが訊いてくる。

「カフェのお客さんが自由に読めるように貸し出し専用の棚なんです。気に入った本があったら書店で買ってもらうという形式で……。その一画に自主制作本のコーナーを作ろうかと。サンプルだけじゃなくて袋に入れた商品も置いて、カフェでそのまま買えるようにしようかって相談してるんですけど」

「いいですね。カフェに来たお客さんが気軽に買えて、その場で読めますし」

一宏さんがうなずく。

「扱っていただけるならありがたいです。よろしくお願いします」

茜さんが頭を下げた。

「そしたら、もう一度お店までお越しいただけますか？　お預かりする冊数や条件を相談しないといけないので」

「あ、じゃあ、僕が行きますよ。この前の夕やけだんだんがすごく良くて、また写真を撮りにいきたいと思ってましたから」

大輔さんが言った。あずきブックスの定休日などを伝え、日程を決めた。

「そうだ、同人誌のことなんですけど、次の号には今回の連句会の作品も掲載することになってるんです。だから、今回のゲストのおふたりにもなにか書いてもらえたら、って思ってるんですけど」

茜さんがわたしたちを見る。

「今日の連句の感想とかですか？」

蛍さんが訊く。

「いえ、連句のことじゃなくて大丈夫です。エッセイはどうですか？　一葉さんはもう見ていただいたからわかると思うんですが、短歌や連句に関係のない、自由なテーマでいいんです」

「いつまでですか？」

「それが、今年から年二回発行にすることになって、次の発行は五月のイベントなんです。だからあまり時間がないんですが、できたら来週あたりにいただきたくて……。でも、ちょっと急すぎますよね。そしたら、次の号にしましょうか」

翼さんはそう答えてから茜さんの様子をうかがう。

「でも、連句は春号に載せるから、いっしょの方がいいかな。締め切り、もう少し延ばせない？」

「そうですねえ。四月末には入稿しないといけないんですけど……」

茜さんと翼さんは手帳を見ながらなにか相談している。

「どうしようか。蛍さんならうまく書けそうだけど、就活で忙しいよね？」

わたしは蛍さんに訊いた。

「そうですねえ……。書いてみたいですが、しばらくはむずかしいです」

「そしたら、わたしが書きます。うまく書けるかわからないですけど」

思い切ってそう言った。

「あずきブックスの話でもいいですよね。同人誌を置いてもらうわけですし」

一宏さんの言葉に、翼さんや七実さんもうなずいた。

「あんまり凝らずに、ブログ感覚で気軽に書いてもらえるとうれしいです。ほかのエッセイもそんな感じですから」

「そういうものでよければ、書けるかも……」

おぼつかない口調で答える。

「お願いします。いま茜さんと相談したんですが、一葉さんのページだけはあらかじめ字詰めと行数を決めて、レイアウトも組んでしまえばいいかな、って。それなら四月二十日までにいただければ大丈夫なので」

翼さんが言った。


同人誌の話のあとも、しばらく雑談が続いた。おかげできりん座の人たちのことも少しわかってきた。久輝さんはインターネットメディアの会社に勤めているそうだ。大学の写真部では大輔さんの先輩だが、もう写真からは離れたという。

「もちろん、出かけたときにスマホで写真を撮ったりはしますが、それは単に記録という感じで……。表現としての写真に興味がなくなってしまった。最近は写真の持つ意味がずいぶん変わったでしょう？　加工であとからいくらでも変えられるし。そういうところがなんかつまらないんですよね。それに、自分はやっぱり言葉の側の人間だって気づいたんですよ。言葉を研ぎ澄ましていく方が大事っていうか」

久輝さんは薄く笑った。

「たしかに若いころはいろいろなことに手を出すけど、だんだんひとつに固まってきますよね。仕事で忙しいから複数のことをやってる時間もないし、創作に時間がかかるようになるんですよね。若いころみたいに感覚だけでは作れなくなるっていうか」

茜さんがうなずく。

「ですよね。そろそろ歌集を編みたいっていう気持ちもありますし」

一宏さんが言った。

「そう、それ！　わたしも歌集のことを考えはじめたけど、短歌一首作るのと、歌集編むのは全然ちがうんですよね。若いころは勢いで連作を作ったりしてたけど、いま見ると無駄が多くて……。でも、その無駄に良さがあるような気もして、捨てきれないですし」

翼さんがうーん、とうなる。

「年を重ねればスタイルが固まって迷いがなくなる、ってわけじゃないんですね」

蛍さんが訊いた。

「そうですねえ。全然そんなことはないです」

「むしろ、もやもやがさらに複雑になる感じですね」

翼さんと茜さんが笑って答えた。

そのとき、翼さんのお姉さんとお店のスタッフがやってきて、きりん座の人たちといっしょにあいさつした。いつものことみたいで、おたがいに慣れた感じだ。やがて厨房からがたがたと音がして、仕込みがはじまったのがわかった。


裏にはいってからは、恋や人の死、世の中の情勢を詠んだ句が出はじめる。ひとつばたごの恋句とは雰囲気がちがうな、と思った。句に切迫感が宿っている。わからないものをわからないまま手探りで言葉にするような。

お休みのふたりは二十代半ばらしいが、今日来ているきりん座の人たちは二十代後半から三十代のはじめ。世代的にはわたしと近い。二十代の終わりともなればもちろん立派な大人で、会社では役職についていたりする。でも、ひとつばたごの桂子さんや蒼子さん、直也さん、萌さんのように結婚して子どもがいる人はいない。

航人さんは離婚経験者で、鈴代さんと陽一さんは独身みたいだけど、世代が上だからわたしとはやっぱり少しちがう。年齢がちがうということは、見てきた世界もちがうということだ。家族がいれば考え方も変わるだろう。そのちがいはなかなか超えることができないものなのかもしれない。

きりん座の人たちの少しひりひりするような句は、同世代だけあってすごく共感できるものがある。答えが出ない感じを共有するのは少し息苦しいけれど、ひとつばたごで巻くのとはちがうおもしろさがあった。

5

半歌仙を巻き終わったあとは、そのまま翼さんのお姉さんのお店で軽く食事会をした。一月の大会のときも思ったけれど、いつも歌仙を巻いている感覚からすると、半歌仙というのはほんとうにあっという間だ。

でも、はじめての人たちと巻いたこともあって、ひとつばたごのときとはちがう緊張感があり、いつもとはちがう頭の使い方をしたような気がする。

きりん座の人たちはまだ飲んでいるようだが、蛍さんは明日用事があり、わたしも勤めがあるので、お礼を言って先に店を出た。ふたりならんで歩いていると、どちらからともなく、疲れましたね、という声が出た。

「疲れたけど、心地よい疲労って感じです」

蛍さんがしずかに言う。満足げな表情だ。

「そうだね。これまで意識してなかったけど、ひとつばたごではいつもどこかで航人さんたちに頼ってたんだなあ、って思った」

わたしは少し笑った。

「そうですね」

蛍さんが空を見あげる。

「今日は来てよかったです。年の近い先輩たちと巻くことでなんだか勇気が湧きました」

にっこり笑ってこっちを見た。

「わたし、就活についても、どこかで大学の勉強の延長みたいに思ってたのかもしれないなあ、って。上の人から評価されることを期待してた、っていうか」

蛍さんが考えながら話す。

「一宏さんも翼さんも歌集の話をしていましたよね。ああいうのもすごいなあ、と思って。連句会でも歌会《うたかい》でも、わたしはこれまでだれかに選んでもらうということしか考えてなかった。でも、歌集を編むっていうのはそれとはちがう。自分の作品を自分で世に送り出すわけでしょう？　自分の作品を信じるってことですよね」

「自分の作品を信じる……？」

その言葉に驚いて蛍さんの顔を見る。

「全責任を持つっていうか。社会人になるのもそれと同じだな、って。わたしはこれまで自分の憧れの会社を受けてました。心のどこかで、その会社から認められたい、選ばれたい、って思ってた気がするんです。受け身だったんだと思います。でも、働くってそういうことじゃないんですよね」

「そうだね。仕事って、個人がいい評価をもらうことより、会社自体が成長したり、発展したりすることの方が大事かも」

「わたし、一度小説の賞に応募したことがあったじゃないですか。あのときも自分の才能を試したいっていうか、認めてもらいたい気持ちが強くて。でも柚子さんと話して、作品を世に出すのはそういうことじゃない、って気づいて」

そういえば、ひとつばたごにやってきた柚子さんと小説創作の話になったことがあった、と思い出した。

「作品というのは、だれかに評価してもらうためじゃなくて、自分で決めて世に送り出すものなんですよね。前に久子先生にも言われたことなんですけど、そのときは意味がよくわからなかった。それが今回きりん座の人たちの話を聞いていて、なんとなくつかめたというか……」

蛍さんが考えながら、ぽつりぽつりと話す。

「蛍さん、すごいね」

「すごい？　どうしてですか？」

蛍さんが驚いた顔でわたしを見る。

「うまく言えないんだけど。わたしはそんなふうに思ったことがないな、って」

「どういうことですか？」

「わたしもポップの仕事で文章を書くけど、それは商品の紹介で……。連句も、みんなで作る場が楽しいんだよね。あずきブックスのイベントで短歌を作ったときは、だからなんとなくしっくりこなかった。わたしには蛍さんみたいにどうしても世に送り出したいものがないのかも……」

「そうなんですか」

蛍さんはうなずいて、下を見る。

「わたしは子どものころからずっとそういうものがあるんです。自分が自分であるために表現をしなければならないっていう感覚が。強迫観念だな、と思ったりもするんですけど、表現をやめたら自分じゃなくなっちゃう気がして」

思いつめたような表情だった。

「ほんとは就職もしたくないのかもしれません。なにより表現が大事で、会社のために生きることができるとは思えない。でも、社会的に認められたい気持ちもある。

それで、早く就職を決めたいって焦ってしまって。小説の賞のときと同じですね。でも、その会社にはいってやりたいことがあるわけじゃない。だからうまくいかなかったのかも」

「なるほど……」

信号で止まり、通りの向こうを見た。

「それって、蛍さんが『表現者』だってことかもしれないね」

少し考えてからそう言った。

「表現者？」

蛍さんが首をかしげた。

「うん。形式が小説なのかなんなのかはわからないけど、ひとりで立つべき人ってことなんじゃないかな。もちろん、生きていくためには仕事もしないといけないだろうけど」

「ひとりで立つ……」

信号が変わり、歩き出した。

「でも、そんな気もしますね。ひとりになると、ときどき感じるんです。こうしてひとりで思索を深める時間が自分にとっていちばん大事だな、って。それを手放せない。ひとりになるのは怖いんですが、孤独になることを求めてもいる」

「そうなんだね」

地下鉄の駅に着く。蛍さんもわたしも都営大江戸線の同じ方向に乗った。

「今日はありがとうございました」

ふたりならんで座席に腰かけると、蛍さんが言った。

「午前中にカキモリに付き合っていただいたのもうれしかったです。途中で見たあの店、自由丁にも今度行きたいですね」

お昼を食べたときよりくつろいだ表情になっている。

「わたし、就活が終わったら、自分の書いたものをまとめてみようかと思います。優《ゆう》さんと会ってから、詩も書くようになったんです」

「そうなの？」

優さんは久子さんのトークイベントで知り合った詩人だ。久子さんの古くからの知り合いで、調布《ちょうふ》に住んでいる。優さんに招かれて、ひとつばたごの定例会を優さんの家で開いたことがあり、蛍さんはその後の二次会で、優さんの詩を読んで詩にも関心を持ったと言っていた。

でも、もう書きはじめていたとは。

「独学なんですけどね。小説や短歌より自由に書けるっていうか、小説だとほんとうは書きたくない詰め物がたくさん必要だし、短歌だと形式に縛られる感じがして。

詩だとそういうものがなくて、そのとき感じたことだけで作れるっていうか。それで少しずつ書き溜めていて、それをまとめてみようかな、と」

「まとめるって、詩集ってこと?」

「本の形にするのがいいか、ネットで発表するのがいいかはわからないんですけど。とにかく、まとまりを作ってみようと思って」

「いいと思う」

わたしは力をこめて答えた。

「今日、短歌を作るのと歌集を編むのはちがう、っていう話があったじゃないですか。あのとき、ちゃんと自分に向き合うためには、作りっぱなしじゃなくてまとまりを作る必要があるんだな、って感じました。久子先生には、自然に作りたくなるまではやらなくていいと言われましたけど、踏み出してみようかな、って」

「そう思ったってことは、いまだってことなんじゃない?」

「そうか、そうですね」

蛍さんの顔がぱっと輝く。

「そのためにも、就活がんばります」

もっと話を聞きたい気もしたが、上野御徒町駅にはすぐに着いてしまった。

「うん、がんばってね」

そう言いながら電車を降りた。

6

四月のひとつばたごの定例会は、久しぶりの池上梅園だった。お昼前から集まって、持ち寄りのおかずを囲む。お菓子は定番の「向《む》じ《こう》ま《じ》志満《ま》ん草餅《くさもち》」。梅の季節は人でいっぱいになるらしいが、いまは園内も空いている。

表六句が終わり、座卓の上におかずがならぶ。航人さん、桂子さん、蒼子さん、直也さん、悟さん、鈴代さん、陽一さん、萌さん。いつもの顔ぶれを見ているとなんだかほっとした。ここが自分の居場所だ、と思う。

お昼が終わったあと、草餅を出した。お茶を飲みながら、きりん座で巻いた半歌仙を見せ、同人誌も何冊か見せた。しっかりした造りですねえ、出版社で出している雑誌とあまり変わらないですね、とみんな驚いていた。

「いいですねえ、若い人たちは」

航人さんが微笑んだ。

「ほぉんとよねぇ。みんな自由で、これからどこにでも行ける」

桂子さんがふぉふぉふぉっと笑う。

「息子たちを取り巻く環境を見ていると、なかなかたいへんだなあと思いますけどね。出生率もどんどん下がってますし。うちの子は中学生と小学生、この子たちが大人になるころには世の中どうなっているんだろう、って不安になります」

直也さんが少し憂鬱そうな顔になる。

「そうですよねぇ。いまの若い子たちを見てると生活も苦しそうですし。わたしは就職氷河期世代で、バブル世代みたいにはいかなかったですけど、それでもいまよりはのんびりしていたっていうか」

鈴代さんがうなずく。

「夢を持てたんですよね。自分にもなにかできると思ってた、っていうか。バイトや派遣でつないで夢を追っている人たちもいましたし」

萌さんが宙を見あげる。

「たしかにわたしと同世代だと、みんな現実的っていうか、ぼんやりした夢を持ち続けている人はめずらしい気がします」

わたしがそう言うと、蒼子さんも、そうね、とうなずいた。

「うちの子たちもそう。それぞれ充実した日々を送っているみたいだけど、どちらも夢は身の丈に合ったもので……。まあ、わたしたちが若いころだって堅実な人はたくさんいたんだけど、ふわふわした夢を見る人がいまよりずっと多かった」

「社会のノビシロの問題もありますからねえ」

悟さんが言った。

「そうですね、いまは経済的にも、資源的にも、かぎられたなかでやりくりしていこう、という意識が高まっている気がします」

陽一さんがうなずいた。

「そういえば、蛍さんって今年大学四年よね？　就職活動はどうなっているのかしら。一葉さん、なにか聞いてる？」

蒼子さんがわたしの方を見る。

「難航しているみたいですね。きりん座に行ったときはそのことでかなり悩んでるみたいでした」

蛍さんに断りなくくわしいことまでは話せない。それで少しぼかしながら答えた。

「蛍さんのことだから、レベルの高い会社を目指してるんだろうなぁ」

鈴代さんが心配そうな顔になった。

「出版関係とかかな？　だとすると余計むずかしいかも。出版不況だし、本や雑誌を出すだけでは立ち行かなくなってるから」

蒼子さんが言った。蛍さんが連句会でそう口にしたことはなかったけれど、みんな出版関係だと察していたみたいだ。

「でも、きりん座に行ったのはよかったみたいです。メンバーの話に刺激を受けて、帰りはだいぶ元気になっていました」

就活の現状には触れず、そう答えた。

「それはよかった。思いつめるばかりじゃなくて、気分転換も必要よね」

蒼子さんがうなずく。

「きりん座の人たちが歌集を編む話をしているのを聞いて、自分も就活が終わったら作品集を作ってみようかな、って」

「そうか、きりん座の人たちはもともと短歌まわりの人でしたね。まだ実際に歌集を出した人はいないんですか？」

悟さんが訊いてくる。悟さんは歌人で、すでに第一歌集を出している。

「はい。皆さんこれからだそうです。歌集を編むのは短歌を一首ずつ作るのとは全然ちがうことだっておっしゃってました」

「そうですねえ。歌集を編むのはまた別の力が必要ですね。構成力っていうか……。短歌は日々作れるけど、歌集を編むのはある程度集中できる時間がないと無理な気がします。僕も第一歌集のあと、歌はだいぶ作りましたが、まだ第二歌集に取り組む気にはなれません」

「そうよねぇ。句集もそうだけど、なんだか疲れるのよ。自分の句を何度も読むでしょう？　下手だなあ、って嫌になるわけ。もう絶望的な気持ちになる。それに、頭も使うのよねぇ。論理的に考えないといけないっていうか。出したあとは自信がなくなって、なにもかも捨てて逃亡したくなる」

桂子さんが冗談のように言う。

「桂子さんでもそうなんですか？」

悟さんが目を丸くした。

「そうよぉ。わたしだって最初の句集を出したときは、若いとは言えないけど、いまよりはずっと初々しかったんだから」

桂子さんがふぉふぉふぉっと笑う。桂子さんが第一句集を出したのは四十代のときだと聞いていた。

「苦しい作業なんですね」

萌さんが深くうなずいた。

「孤独な作業だし、勇気もいりますよね。僕はそういうことができずにここまできました。だから著作がある人のことは尊敬します」

航人さんはそう言って、桂子さんと悟さんを見た。

「表現者っていうことですよね。きりん座の帰りに蛍さんと話していて、蛍さんは表現者なんだ、って感じたんです。やがてはひとりで立つ人だ、って」

「そうね、蛍さんにはそういう強さがあるとわたしも思う」

桂子さんが微笑む。

「この同人誌を見ていると、きりん座の人たちも表現者を志しているのがわかる。短歌を作っている人たちですものね。茜さん、久輝さん、翼さん、一宏さんはとくにね」

「その四人が短歌から来た創設メンバーなんです」

桂子さんは同人誌をめくりながらそう言った。

「そう。だからかしらね」

桂子さんがうなずく。

「きりん座で連句を巻いているとき、わたしもそう感じました。でも、わたし自身はその人たちや蛍さんとはちがう気がして……。どうしても表現したいものがあるというより、この場にいて、ほかの人の句に触れることで、言葉が生まれてくる、みたいな感じで……」

「あ、それ、なんとなくわかる気がするよぉ」

鈴代さんが言った。

「僕もそうですね。僕も自分のなかから言葉が湧きあがってくるって感じじゃなくて、ここにいるうちに記憶のなかからなにかが呼び起こされてくるような感じで……。それが楽しくて通い続けてますけど、ひとりでいるときになにか作りたいと思うことはあまりないんですよね」

「わたしもどちらかというとコミュニケーションが連句のいちばんの魅力だと感じてます。自分の句よりほかの人の句がおもしろかったり、意外な形でつながったりするのが楽しいんですよ」

陽一さんと直也さんが口々に言い、蒼子さんも、わかります、とうなずいた。

「そうなんですね。じゃあ、いいのか」

自分だけじゃないことがわかって、なんだかほっとした。

「一葉さんのいう表現者っていうのがどういうものかはっきりわからないけど、そういう人の方が圧倒的に少ないんじゃないかなあ。わたしもちがうと思うし」

萌さんが首をかしげる。

「連句には両方の人が必要なんだと思いますよ。長年連句を巻いてますけど、自分の表現を突き詰めたい人たちだけだと、星がならんでいるだけで、動きが生まれないような気がします」

航人さんが言った。

「さあ、でも、そろそろ連句に戻りましょう。まだまだ先は長いですから」

航人さんの言葉に、みんな空《あ》いた器や取り皿を片づける。短冊と歳時記と筆記用具だけになった座卓に向かい、句を考えはじめる。表の月から秋の句が続き、次も秋の句。

しんとして、歳時記をめくる音、ペンでなにかを書く音だけが響いた。外の池に春の日差しが揺れている。来年は蛍さんは就職しているのだろう。季節はめぐるけれど、くりかえしではない。少しずつ先に進んでいる。

蛍さん、行きたい会社に決まるといいなあ。そうしたら、いつか自由丁にも行ってみたい。ふたりで、過去にではなく未来の自分への手紙を書くんだ。そんなことを考えていたら、するっと句の形になった。

鰯雲《いわしぐも》未来の自分に書く手紙

短冊に句を書きつけ、航人さんの前に出した。

「いいですね、これにしましょう」

聞き慣れた航人さんの声にほっとする。ふいに、いまここに集っているのがかけがえのないことに思え、ありがとうございます、と深く頭を下げた。

自分史上最高の夕焼け

1

連句会の翌日、「あずきブックス」に向かう途中、「きりん座」から頼まれたエッセイの内容をどうしようかと、ぼんやり考えていた。そろそろ締め切りも迫っているし、次の水曜に書くしかない。水曜はあずきブックスの定休日。今週はポップの仕事もほとんどはいっていないから、一日使える。

問題はなにを書くか、である。きりん座の席では、ポップライターやあずきブックスの仕事の話でもよいと言われたが、いざ書こうとするとなにも思いつかない。何度か書き出そうとしたが、止まってしまっていた。

ポップの仕事でも考えたり工夫したりしたことはいろいろあるが、文章にしておもしろいものではない気がする。「パンとバイオリン」、「houshi」、「くらしごと」。どれも素敵なお店だし、紹介したい気持ちはある。でもそれはお店のレビューで、エッセイとはちょっとちがう。

あずきブックスの仕事もそうだ。久子さんと柚子さんの少女マンガトークイベント、久子さんの短歌創作ワークショップ。はじめての経験で苦労しながらも、得るものはたくさんあった。でも、まだきちんと語れるほどの材料はない。
どうしたものか。

「ひとつばたご」と祖母の話を書こうか。お菓子番を名乗り、毎回工夫して季節のお菓子を持っていっていた祖母。毎月のお菓子にまつわる思い出話なら、なにか書けるかもしれない。タイトルは「連句と十二ヶ月のお菓子」とか？

たしか、翼さんから指定されたのは、見開き二ページで本文が三〇〇〇字。おばあちゃんがお菓子番だったという話も入れなくちゃならないし、お菓子を十二種類取りあげると、それぞれ紹介程度の内容しか書けないかも。それだったら、どれかひとつのお菓子を大きく取りあげた方がいいかなあ。

なにがいいだろう。やっぱり、わたしにとっても思い出深い「うさぎや」の「どらやき」かな。「不破福寿堂《ふわふくじゅどう》」の「鹿の子餅《かのこもち》」もいいかも。おばあちゃんと高岡《たかおか》に行ったときの思い出話もある。たぶんあれがおばあちゃんと行った最後の旅行で、いっしょに路面電車に乗ったのだ。

鹿の子餅には、蒼子さんの旦那さんにまつわる思い出もある。蒼子さんの旦那さんの茂明《しげあき》さんが亡くなったのは一昨年のこと。茂明さんは鹿の子餅が好きだった。それを知って、あとで蒼子さんに鹿の子餅を送ったのだ。

ひとつばたごの人たちとの思い出もずいぶん増えた。お菓子のことを考えると、いっしょにそういう記憶がよみがえってくる。その話を書くのもいいのかもしれない、と思った。

2

火曜の夜は父、母ともに帰りが早く、めずらしく三人そろっての夕食になった。父も母も年度はじめの四月はなにかと忙しい。とくに父は新規のプロジェクトの責任者になったらしく、ここのところ毎日帰りが遅かった。

主菜は野菜を大きめに切って煮こむだけのポトフだったが、なかなかおいしくできて、明日の昼も食べるつもりでいちばん大きな鍋で作ったのに、ほとんど食べ尽くしてしまった。

「この前、連句の大会で知り合った人たちがあずきブックスに来てね」

父の顔を見るうちに写真のことを思い出し、そう切り出した。

「連句で知り合ったって言っても、今回はみんなわたしと同じくらいの年の人たちで。いっしょに『夕やけだんだん』まで散歩したんだ。そのなかに写真を撮ってる人がいて……。そういえば、お父さん、むかしはよく写真撮ってたなあ、って」

「ああ、写真ね」

父はなつかしそうな顔になる。

「お父さんの夕やけだんだんの写真、区のコンクールで賞を取ったよね」

母が思い出したように父の顔を見る。

「そうそう。まあ、まぐれだけどね」

父が照れ笑いをする。

「あれ、どれくらい前だろう？　たしか一葉がまだ小学校にあがる前だったよね」

母が首をひねった。

「うん。小学校にあがる前の年。みんなで展覧会に行ったんだよね」

わたしは答えた。

「いやあ、あれは恥ずかしかったなあ。ほかの入選者たちはいわゆるアマチュア写真家として有名な人たちで、別のコンクールでも何度も賞を取ってたからね」

父が苦笑いする。

「そうかな？　わたしはお父さんの写真、好きだったよ」

「そうよね、審査員の人たちも、地元愛を感じるって褒めてくれてたじゃない？」

「あれはそれくらいしか褒めるところがないっていうか。このあたりのことはまあ、ほかの人よりくわしいと思うよ。それに、あの写真を撮るまでにかけてる時間がちがうから。春夏秋冬、休みの日に何度も通って、ベストな写真を選んだんだよ」

「執念で勝ち取った、って感じ？」

母が笑う。

「どうしても負けたくなかったんだよ。高校三年のとき、いちばんきれいな夕やけだんだんを見たんだよね。そのときは大学入試のことで悩んでてさ」

「入試？」

母が訊いた。わたしもはじめて聞く話だが、母も聞いたことがなかったのだろう。

「第一志望だった大学に落ちてさ。模試の判定では大丈夫だったし、試験のときもできた感触があったのに。その前に第二志望にも落ちていて、合格してたのはすべり止めだった一校だけ」

父がふうっと息をついた。

「同級生のなかにはもう浪人すると決めこんでるやつもたくさんいたんだよ。うちも親はいいって言ってくれてたんだけどね。慎重派だから第一、第二も受かるところを選んだつもりだったんだ。とくに第二はね。それが両方落ちてしまって、こんなんじゃ一浪したって受からないんじゃないか、と。若かったんだよなあ。この世の終わりみたいな気持ちだった」

父は苦笑いした。

「当時は大学に貼り出された合格発表を見に行く形だったからね。第一志望の発表をひとりで見に行って、落ちたのがわかって、なかなか家に帰れなくなった。それでしばらくあちこちぶらぶらして、こっちに戻ってきても家に帰る気にはなれなくて、またぶらぶらして……。それで夕やけだんだんの上に来たとき、見たんだよ。すごい夕焼けを。これまで見たことのないようなやつで」

父が目を閉じる。

「赤とか黄色とか橙《だいだい》とか、空が信じられないくらい複雑な色になって、商店街もオレンジがかって、言葉を失うくらいきれいだった。あたりにいた人もみんな立ち止まって夕焼けを見てたよ。しばらくぼうっと立ち尽くして。空の色が褪《あ》せてから我に返った。そしたら急に、まあ、いいか、って気になったんだよね」

「どうして？」

母が訊く。

「今日ここでこの夕焼けが見られたのは大学に落ちたからだなあ、って。それで、落ちたんだからもう一度勉強し直そう、と思えた」

「でも、お父さん、浪人してないよね？」

「そう。そのあと受けた国立大学に受かったから。そこは正直無理だろうと思ってたんだけど、なぜかそっちは受かった」

父が笑った。

「そうだったんだね」

母も笑う。

「で、とにかく自分史上最高の夕焼けを見て家に帰ったら、母は帰りが遅いから落ちたと悟ってたんだろうね、結果のことはなにも聞かなかった。それで、すごい夕焼けを見たんだ、って言ったら、よかったねえ、って。その顔を見たら、なんかほっとしてさ」

祖母の笑顔が浮かび、よかったねえ、という声が聞こえたような気がした。

「大学で写真部にはいってね。活発な部だったから、先輩のなかにはプロの写真家になった人もいたんだよ。四六時中カメラに触ってる人だった。二年上の先輩だったんだけどね。四年のときに姿を消して、結局大学も辞めちゃって。どこ行ったんだろう、って心配してたら、二年後に大きな新人賞を取って、写真家になった」

「へえ。すごい」

母が目を丸くした。

「結局、どれだけ打ちこめるかなんだよな。自分にはそこまでできない。それに人生を懸けることなんてできない。自分にとってはカメラは趣味でいいと思ってたんだ。でも、あの写真コンクールのポスターを見たとき、あの自分史上最高の夕焼けのことを思い出してね。ああいうのを撮ってみんなに見てもらいたくなった。それで、休日は日が落ちるころになるとカメラを持って夕焼けだんだんに行った。一葉を連れてさ」

小学校にあがっていた兄は友だちと外で遊んでいたし、母も食事の支度がある。だから、わたしだけが連れて行かれた。

「あんな夕焼けにはめぐり合えなかったけどね。でもしつこく通い続けたら、コンクールの締め切り間際になって、いい夕焼けにぶちあたった。前のやつには負けるけど、自分史上二番目の夕焼け。それを撮って送ったら、入選したってわけ」

そのときの実際の夕焼け空を、わたしはよく覚えていない。たしかに記憶のなかに燃えるような夕焼けの下の夕やけだんだんはあるが、それは実際の風景ではなく、くりかえし見た父の写真なんだと思う。

「あのときの情熱はなんだったんだろうなあ。夕焼けにお礼を言いたかったのかもしれないな」

「お礼？」

母が首をかしげる。

「審査員の先生には『地元愛』って言われたけど、あのときは全然ぴんと来なかった。自分に地元愛なんてものがあるとは思わなかったから。たしかに生まれたときからずっとここで育ったけど、父や祖父とちがってわたしは会社員で、ここで商売してるわけじゃない。家業を継ぐのは重苦しくて嫌だったしね」

父はそう言って笑った。

夕食の片づけを終えると、疲れていたのか、父はすぐにお風呂にはいって眠ってしまった。母とわたしはしばらく居間で過ごし、順番に入浴して床についた。

父の話を思い出しながら、あれは父の人生で二番目にすごい夕焼けだったのか、と思った。父のあの写真は、ほんとに素晴らしかった。見慣れた近所の写真とは思えないほど。いや、自分はこんなうつくしい場所の近くに住んでいるんだと誇りに思えるほど、と言った方がいいかもしれない。

「きりん座」のエッセイ、このことを書こうかな。

起きあがって書きはじめようかな、とも思ったが、夜中に勢いで書くと文章に歪みが出る気もする。一晩寝かせよう。目が覚めて落ち着いて考えてから書こう。そう思って目を閉じた。

3

翌日目を覚ますと、もう父も母も仕事に出たあとだった。パンをトーストし、卵を焼いてプチトマトを添え、コーヒーを淹れる。

部屋に戻るとすぐにパソコンを開いたが、冒頭が決まらず、なかなか書きはじめられない。夕やけだんだんの歴史を調べ、そこから書き出してみたものの、ガイドブックみたいになってしまった。

息抜きにもう一度コーヒーを淹れようとキッチンに降りる。お湯を沸かし、コーヒーメーカーにフィルターをセット。挽《ひ》いた豆をはかっていれる。お湯が沸いたらゆっくり注ぐ。コーヒーの匂いがふんわりとたちのぼる。

そもそもエッセイとはなんぞや。

コーヒーを一口飲み、頭のなかでそうつぶやく。きりん座の人たちのエッセイは私小説のような味わいのものも多かった。日々のあれこれを描き、余韻を残す。

わたしも夕やけだんだんの記憶をめぐる話をそのまま書けばいいのかな。コーヒーカップを持って部屋に戻り、再びパソコンに向かう。

子どものころ、よく父に連れられて近所を散歩した。

そう書き出してみると、子どものころの散歩の話から夕やけだんだんの写真の話へとするすると筆が進んだ。父の「自分史上最高の夕焼け」と地元の写真コンクールのために夕やけだんだんに通った話のところまで書いた時点で規定の文字数をかなりオーバーしていることに気づき、前の方を削る。

何度か推敲《すいこう》し、規定の分量にまとめた。「自分史上最高の夕焼け」というタイトルをつけ、翼さんに原稿を送った。

帰ってきた母と夕食をとり、夜眠る前にメールを確認すると、翼さんから返信が届いていた。「あの日の夕やけだんだんの情景が目に浮かぶようでとても良かったです。このエッセイと大輔さんが撮った夕やけだんだんの写真を組み合わせようと思います」と書かれている。

茜さんのOKも出ているようで、ほっとした。最後に「同人誌は五月半ばの文芸マーケットで発売されるので、良かったらぜひ来てください」とあり、イベントのサイトへのリンクと、きりん座のブース番号が記されていた。

イベントは五月の第二日曜らしい。その日はあずきブックスの出勤日だから、行くのはむずかしいかな、と思った。第三土曜はひとつばたごの定例会で、休みを入れていた。二週続けて週末休むのはさすがに申し訳ない。

だがきりん座のブースや、文芸マーケットなる即売イベント自体にも興味を惹かれ、半休だけでももらえないか泰子さんに訊いてみることにした。

「ええっ、文芸マーケット？　お店はいいから、ぜひ行ってきて」

即売イベントの話をすると、泰子さんは即座にそう答えた。

「いいんですか？　次の週もひとつばたごでお休みをいただいていて……」

「かまわないよ。ひとつばたごでの付き合いはこのお店にとっても大事だからね」

たしかに、あずきブックスで久子さんや柚子さんのイベントを開催することになったのも、ひとつばたごで得た縁のおかげである。

「文芸マーケットにはわたしも関心があるんだ。まだここが明林堂だったころに、知人の作家さんが出店されてたから、一度行ったことがあってね。そのころはいまほどじゃなかったけど、文芸同人誌がこんなにたくさんあるんだ、ってちょっと驚いたんだよ。最近は参加者も増えて、かなりにぎやかになってるらしいし」

さすが泰子さん、文芸関係の話題には目を光らせている。

「あずきブックスにも、『きりん座』みたいな文芸同人誌やリトルプレスを置くコーナーを作ろうって話したよね？　そういうものをチェックするためには文芸マーケットに行くのがいちばんなんだよ。いまや一万人が押し寄せる巨大イベントだからね。遠方から出店しにくる人たちもいるみたいだし」

「い、いちまんにん……？」

驚いてそう答えた。コミケの話はよく聞くけれど、文芸創作のイベントにもそんなに人が集まっているとは。ちょっと信じがたい。

「本屋の生き残りを考える上でも大事なイベントだと思うんだよ。だから、お休みじゃなくて視察ってことでいいよ。その代わり、状況をちゃんと見てきて。わたしの方で気になってるサークルもそれまでにリストアップしておくから」

泰子さんはかなり気合がはいっているみたいだ。

「でも、お店の方は……？」

「怜《れい》に出てもらうよ。土日はパパも会社が休みだから。子どもをまかせて出られるはず。予定があれば別だけど、いまから頼んでおけば大丈夫だと思う」

お子さんも一歳になり、怜さんもいま仕事への復帰を目指して活動中らしい。土日はときどきあずきブックスのカフェを手伝いにきている。

「ほんとはわたしが見に行きたいくらいなんだけどね。まあ、お店を休むわけにもいかないし。代わりに一葉さん、しっかり見てきて」

泰子さんに言われ、なんだかおおごとになってきたな、と思った。

4

泰子さんと話したあと、翼さんに送ってもらったリンクから、文芸マーケットのサイトを調べた。ウェブカタログというものがあり、たしかにすべてのサークルの情報が掲載されている。

だがあまりにもサークル数が多く、どれを見たらいいのかよくわからない。文芸創作にくわしい蛍さんならいろいろ知っているのかもしれないが、まだ就活中だと思うとこちらから連絡するのは気が引けた。

怜さんの了解も取れたそうで、泰子さんからまわってきてほしいブースのリストを渡された。見ると、十以上のブースの名前が記されている。「早めに売り切れてしまうものもあるみたいだから、朝イチで行ってね」と言われた。

結局なんだかよくわからないまま、当日を迎えた。イベント開始時刻に合わせて会場に行くと、入口前に長い行列ができていた。入場するための待機列らしい。

泰子さんからにぎわっているとは聞いていたが、ここまでとは思わなかった。考えたら、わたしのエッセイが載った「きりん座」も発売されているわけで……。この会場でそれが売られるのだと想像すると、わけもなく緊張が高まる。

待機列の最後尾につき、ゆるゆると進んでいく。これ、全員はいれるのかな、と不安になったが、ほどなく入口にたどり着いた。受付で配布されているエコバッグを受け取る。会場にはいり、その広さに驚いた。

サイトで会場マップを確認していたが、全然想像できていなかった。考えていたのより何倍も広い。ブースが数えきれないほどならび、お客さんもたくさんいる。これが全部文芸同人誌？　信じられないと思いながら歩みを進める。

きりん座のブース番号を確認し、場所を探す。まずはきりん座に、と思ったが、歩いているとちらちら気になるブースもあり、いま通り過ぎたら二度と同じ場所に戻れない気がして、いくつか立ち止まって机の上の商品をながめた。

表紙のデザインが素敵で、心惹かれるものがたくさんある。手にとって見ていると、ブースの人が気軽に話しかけてくる。その説明に引きこまれ、何冊も買ってしまっていた。入口でもらったエコバッグが早速大活躍である。

気がつくと会場に着いてからすでに三十分以上経過していた。泰子さんに頼まれたブースも十以上あるし、まだきりん座にも到着していない。途中気になるブースもあったが、とにかくいまはきりん座に行かないと、と心を鬼にした。

番号を確認しながら進んでいくと、きりん座という文字が目にはいった。卓上のスタンドからポスターが垂れている。ブースには七実さんと大輔さんがいた。

「一葉さん」

わたしの姿を認め、七実さんがにこにこ手を振ってきた。

「こんにちは」

ぺこっと頭を下げた。

「うわあ、もうけっこう買ってますね」

わたしのエコバッグを見て、七実さんが笑った。

「まっすぐきりん座に来るはずだったのに、途中あちこちで引っかかっちゃって」

「文芸マーケット、はじめてですか？」

大輔さんが訊いてきた。

「はい」

「じゃあ、仕方ないですね」

大輔さんも笑う。

「こんなに盛況だとは知らなくて。えーと、『きりん座』の新刊は……」

テーブルの上を見渡す。真ん中に見たことのない表紙の冊子があり、新刊のポップが立っている。表紙にわたしの名前もあって、急に恥ずかしくなった。

「こちらが一葉さんの分です。今回は素敵な原稿をありがとうございました」

七実さんがＯＰＰ袋に包まれた新刊を差し出す。

「こちらこそありがとうございました。なんだかちょっと恥ずかしいですね」

笑いながら受け取った。自分の原稿が載っていると思うと、どきどきして開けられない。家に帰って落ち着いてから読みます、と言ってエコバッグにしまった。

「今日はお仕事は大丈夫だったんですか？」

大輔さんが訊いてくる。

「泰子さんに話したら、文芸マーケットは自分も気になっているから視察してきて、って言われて。買ってきてほしい本のリストも渡されました」

「リスト？」

「ええ、十冊以上あげられてて……。泰子さん、本気だな、って」

リストをカバンから取り出し、大輔さんに見せた。

「僕も全部把握してるわけじゃないけど、話題になっている本が多いですね」

リストを見た大輔さんが言った。

「これは短歌系で……。茜さんたちの知り合いが参加してるものもはいってますね。短歌系はこのあたりに集まってますから、すぐに見つかると思います」

七実さんがリストを指しながら言った。そういえばきりん座と番号が近いな、と思っていた。ジャンルごとに分類されているってことか。

「こっちはエッセイ系ですね。わたしのタイムラインにもよく流れてきてました。たぶんあのあたり？」

七実さんが少し離れた一画を指す。いくつかのブースに列ができている。

「このへんは小説で、アンソロジーですね。ここからはかなり遠いですけど。僕もこのサークルにはちょっと興味があって」

リストをのぞきこみながら大輔さんが言った。

「あ、一葉さん、来てくれたんですね」

うしろから声がして、ふりかえると久輝さんがいた。一瞬、今井先輩の顔が頭をよぎり、あっ、と声が出そうになった。

「久輝さん、遅いですよ」

七実さんが冷たく言う。

「ごめんごめん。撤収はちゃんとやるから」

「あたりまえです」

七実さんが即座に答えた。やりとりから察するに、久輝さん、大輔さん、七実さんが設営の担当だったということなのだろう。

「いやあ、昨日は仕事が終わらなくて、結局寝たのが朝方で……」

「あいかわらずですねえ。それってブラック企業ってことじゃないですか？　身体壊さないように気をつけてくださいよ」

そう言ってため息をつく。七実さんも本気で怒っているわけではないようだ。

「わかってます」

久輝さんが笑いながらうなずいた。正面から見るとそうでもないが、角度によってほんとに今井先輩に似ている。

「来たから店番するよ。どちらか会場まわってきたら？　早めに買わないとなくなっちゃうものもあるだろうし」

「じゃあ、僕、一葉さんを案内してきます。お店から買ってくるように頼まれたリストがあるんですが、けっこうあちこちに分散してるんですよ。一葉さん、文芸マーケットははじめてだそうで」

「あ、いえ、わたしはひとりでも……」

あわてて手を振った。

「いや、リストのなかに僕も気になってる本があるんです。前回は途中で完売しちゃって買えなかったので、早めに行っておきたいから」

「あ、もしかして、『最果ての港』さんの？」

久輝さんが訊く。泰子さんのリストにあったサークル名だ。

「そうです。新刊もあるし、前回買い逃した本も再版されたみたいで」

「じゃあ、俺の分も買ってきてくれる？　新刊と、前回新刊だったやつと、二冊」

久輝さんが財布を取り出す。

「わかりました。お金はあとでいいですよ。そしたら一葉さん、案内します」

大輔さんは自分のカバンを肩にかけ、ブースから出てきた。

まずは小説系のブースまで行き、大輔さんと久輝さんも欲しがっている「最果ての港」の雑誌と、泰子さんのリストにあったほかのブースの数冊を買った。

エッセイ系は自分で探しますから大丈夫です、と言ったが、大輔さんは僕も気になるブースがあるから、と言っていっしょにまわってくれた。

泰子さんのリストにあったブースは軒並み人だかりや列ができている。書き手自身が人気で、会話したい人がたくさんいるようだ。本を手に取り、列にならぶ。たしかにタイトルにも装丁にも心惹かれるものがあるし、ページをめくってみると、文章もしっかりしている。

エッセイ系で泰子さんに頼まれたものを買い終えたあと、大輔さんが、ちょっと自分も見たいものがあって、と言うので、ついていった。

大輔さんが向かったのは、街歩きや旅行関係のブースだった。写真と文章が組み合わさった本が多い。「駅の記憶」というブースは毎回訪ねて親しくなっているようで、会話がはずんでいる。サークルといっても個人で運営しているらしく、写真も文章も編集もひとりでおこなっているみたいだ。

四十から五十ページの薄い冊子なのだが、内容は濃い。駅の外観、構内などいろいろな場所の写真と、その駅の歴史などの情報、駅をテーマにしたエッセイが掲載されている。全国各地を訪ねているみたいで、廃駅を撮った号もあった。

文芸マーケットには二十回以上出店《しゅってん》しているらしく、冊子はそれ以前から作っていたので、三十号を超えている。完売してしまった号もあるようだが、テーブルの上に二十種類近い雑誌がならんでいて、表紙だけでも圧巻だった。

その人も、大輔さんの坂の写真に関心があるようで、「きりん座」も毎号買っているらしい。あとできりん座にも行きますね、と言っていた。

「僕も、いまは『きりん座』に写真を載せてもらってるだけだけど、いつか個人で、写真と文章を組み合わせた本を出したいんですよね」

ブースから離れて歩き出すと、大輔さんがそう言った。

「素敵ですね。『駅の記憶』みたいな感じの本ですか」

「そうですね。あそこの本は文章もすごくいいんです。単に駅が好きっていうだけじゃなくて、駅の歴史も深掘りしてて、考え方に共感するところもあるし。まあ、僕が作りたいのはもう少し……」

大輔さんはそこまで言って少し止まった。なにか考えているみたいだ。

「なんだろう、もうちょっとやわらかい感じ。『駅の記憶』さんは大きな歴史から見た駅の姿を追求してるようなところがありますが、僕の関心はもう少し住民目線っていうか。住んでいる人たちの生活の手触りを出したいんですよね」

「なるほど、少しわかります。これまでの『きりん座』に掲載されていた写真からもそんな印象を受けました」

「僕が生活雑貨の店に勤めてるって話はしましたよね」

大輔さんが勤めているのは有名なチェーン店で、わたしでも名前を知っているし、買い物をしたこともあった。

「うちの店で扱っている商品は大量生産だから機械で作っているものがほとんどなんですけど、どれもその土地の伝統的な技法を生かしているんですよね」

「そうなんですか」

「産地に行くと、そこで代々その製品を作ってきた歴史みたいなものがあって。世界ってそういうものの積み重ねでできてるんだ、って思うようになったんですよ。製品や現場の写真は会社で使うもので、個人で発表するわけにはいかないんだけど、町の風景でも同じようなことを感じるときがあって。それを形にできたら、って」

「それで、坂を撮りはじめたんですか」

「ええ。とくに住宅街の坂が好きなんです」

「でも、坂って、撮るのがむずかしいんですよね？」

「え？　どうして……？」

大輔さんが首をかしげる。

「父が言ってたんです。実際に見たときに感じるすごさが出ない、って」

「ああ、そうか。一葉さんのお父さんは写真を撮ってたんですよね。今回のエッセイ、読みました。すごく良かったです」

「ありがとうございます」

「お父さんの思い出話、なんとなく、一葉さんと似ているところがあるような気がして、興味深かったです」

意外な言葉に、思わず大輔さんの顔を見る。

「似てる？　どこがですか？」

「ああ、ええと、どこっていうのはよくわからないです。なんとなく、かな？　なぜですか？」

「いえ、いままで父と自分が似ていると思ったことがなかったので」

「そうなんですね。まあ、ご本人たちはあまりそう思わないのかもしれないですね。あと、あのエッセイを読んで、一葉さんのお父さんの撮った夕やけだんだんの写真も見てみたくなりました」

「いい写真なんですよ、娘のわたしが言うのも変ですが。写真はいまも家に飾られていて……。でもスマホで撮って見せるんじゃ、良さが伝わらないですよね」

「そうですね」

大輔さんが笑う。

「父に聞いておきます。額から出せば持っていけますし、もしかしたらほかにプリントしたものがあるかもしれません」

「ぜひ見たいです。『きりん座』の納品であずきブックスに行くときにでも」

そう言われて、うなずいた。

最後に、短歌関係のブースをまわった。こちらもけっこう列ができていて、すべて買いそろえるのはなかなかたいへんだった。きりん座のブースに戻り、大輔さんにお礼を言って別れた。

そのあともしばらくひとりで会場をめぐり、自分なりに気になるものをいくつも買った。結局閉会間際に会場を出て、重い荷物を抱えて帰途についた。

電車のなかで、エコバッグからいくつか同人誌を取り出し、ぱらぱらとめくった。どの同人誌にも作り手の熱がこもっていて、市販の雑誌とはちがう空気を醸し出している。雑誌ってこんなに自由に作っていいものなんだ、と驚いた。

それに、あの会場の熱気。泰子さんが要チェックと言っていた意味がわかった気がした。もちろん、あれはお祭りだからこその熱気だ。書店の日々の商いと質がちがうことはわかっている。それでもあそこにあるにぎわいには胸が高鳴った。

手に取ったなかに「駅の記憶」の冊子もあった。わたしが個人で買ったもので、上野駅を撮った号だ。身近な駅だから気になったというのもある。知らなかったこともたくさん書かれていて、なかなか楽しい。

——いつか個人で、写真と文章を組み合わせた本を出したいんですよね。

大輔さんの言葉を思い出す。あのときは周囲に気を取られて気がつかなかったけれど、あの声にもすごく熱がこもっていたなあ、と感じた。

5

夕食のあと、わたしの書いたエッセイが載っている「きりん座」を出し、父と母に見せた。父はちょっと驚いていたが、まあまあだな、と笑った。

「この写真もなかなかいいじゃないか」

エッセイの次のページに配置されていた大輔さんの写真を見て、そう言った。

「これ、まさか一葉が撮ったんじゃないよな?」

「これはきりん座の人が撮ったんだよ。大学時代写真部で、仕事で写真も撮ってる人。これだってスマホじゃなくて、ちゃんとしたカメラで撮ってたんだよ」

「それはわかる。いくら最近のスマホが優秀でも、これは撮れない」

「そういえば、この写真を撮った人が、お父さんの夕やけだんだんの写真を見たいって言ってたよ」

「おお、それはうれしいね」

父が破顔する。

「今度あずきブックスに来るときに持っていけるかもって言ったんだけど、額のまま持ってくのはたいへんだから、額から出してもいいかな？」

「それだったら、額に入れてないのもあるよ」

「そうなの？」

「アルバムがあるんだ。まあ、額と同じくらい重いかもしれないが、アルバムの方が持っていきやすいだろ？」

「アルバムって、あの写真以外のもはいってるってことだよね」

「そりゃ、アルバムだからね。もちろんそうだよ」

父が笑った。

「そしたら、その方がいい。ほかの写真にも興味を持ってくれると思うから」

「じゃあ、今度探しておくよ」

父はそう言って部屋に戻っていった。

「お父さん、まんざらでもない顔してたね」

居間に残っていた母が笑った。

「一葉のエッセイ、いい文章だったよ」

「そうかな」

「うん。まああって言ってたけど、お父さんもほんとはそう思ってたんじゃない？　こういうのを書ける場ができて、よかったね」

母はうれしそうにそう言って、お茶を淹れてくれた。


翌日は大量の同人誌を持ってあずきブックスに出勤した。頼まれたものを渡すと、泰子さんはほくほくした顔で、ありがとうね、と言った。

開店前はばたばたと忙しく、店を開けてからもお客さまの対応や棚の整理、データのチェックなどでまとまった時間は取れない。それでも、泰子さんは細切れの時間のなかで、わたしが買ってきた同人誌をぱらぱらめくっている。

「一葉さん、ありがとう。買ってきてもらった同人誌、どれもおもしろかったよ」

店を閉めて片づけが終わったあと、泰子さんが言った。

「そうですか。どれも話題になっていたものみたいで、ブースの前に人だかりができてました。イベント自体も大盛況で……。文芸同人誌業界があんなににぎわっているなんてちっとも知らなくて。不勉強だったと反省してます」

「そう、そんなに……」

泰子さんが感心したようにうなずいた。

「わたし自身、会場をまわっていろいろ気になるものがあったので、買ってきたんです。ちょっと待ってくださいね」

ロッカーからカバンを取り出し、泰子さんに見せようと思って持ってきていたものを机の上に出す。「駅の記憶」や、掌編小説のアンソロジー、凝った装丁の短編集。絵と物語を組み合わせた小冊子。エッセイや短歌関係もかなりあった。

「こんなに買ったの？　ずいぶんイベントが気に入ったみたいだね」

泰子さんが目を丸くする。

「会場に熱気があって、引きこまれちゃって。ブースの人たちと話すのも楽しかったんです。それで結局閉会間際まで会場にいて」

「そうだったんだ」

泰子さんは笑いながらわたしの買った冊子を手に取りはじめた。

「この『駅の記憶』っていう冊子、おもしろそうだね。上野駅のことをかなり細かく調べてあるし、写真もいい。こっちのアンソロジーも魅力的な造りだし」

一冊ずつじっくり見ながらそう言った。

「ねえ、一葉さん」

しばらく同人誌をながめたあと、泰子さんがこっちを見る。

「この前、カフェスペースの本棚の一画に文芸同人誌を置く話をしたでしょう?」

「はい」

「あのときは、本棚の一画にコーナーを作るって話だったけど、六月はカフェスペースの本棚を全部同人誌にしてもいいような気がしてきた」

「え、全部って……?」

カフェスペースの本棚は、いつもは泰子さんのおすすめ本を置いている。幅九〇センチ、高さ一四〇センチほどの低めの棚で、売り物ではなく、店内での貸し出し用の本を置き、カフェのお客さまが自由に読めるようになっている。

いちばん上の段は月ごとに内容を変えているのだが、泰子さんは「きりん座」をはじめ、これまで書店スペースで扱いのあった自主制作雑誌をその一画に置いて、カフェで販売もできるようにしようと言っていた。

「わたしがお願いした同人誌は、ネット通販をしているものも多くて。だから、頼めば扱わせてくれると思うんだよ。一葉さんが買ってきてくれた本のなかにもおもしろいものがたくさんあるし。閲覧用に立ててならべるだけならそんなにスペースは取らないけど、薄いものが多いし、売るなら面陳《めんちん》か平積《ひらづ》みにしたいでしょう」

面陳とは、本の表紙を見せるディスプレイだ。棚にさしてならべる形だと背表紙しか見えない。薄い冊子には不利だし、多くのお客さまにとっては未知の本ばかりだから、表紙を見せて魅力をアピールしたいところだ。

「そうですね。たしかにそうなるとけっこう場所を取りますね。面陳するのは新刊一冊だとしても、一段に置けるのはせいぜい五、六冊ですから……」

A5判やB6判、新書サイズのものも多いが、なかにはB5判のものもある。棚は四段だから、全体を使っても置けるのは二十数冊ということになる。

「扱うとなったら、話題になっている本を網羅しないといけないのかな、と思いこんでたんだけど、とりあえず、いまのわたしたちの目の届く範囲からはじめるのでいいんじゃないか、って」

「そうですね」

「今回はいまここにあるものだけでいいと思うんだ。でも、三十近くあるからね。全部棚にならぶかな」

「実際に棚にならべて様子を見てみましょうか。各サークルへの連絡はわたしが受け持ちます」

「ほんとに？　そうしてくれたら助かる」

「ただ、売れるんでしょうか。おすすめ本コーナーは売り上げにも貢献してましたし、それを全部同人誌コーナーにしちゃって大丈夫ですか」

イベントは盛りあがっていたけれど、それはお祭りのにぎわいと似ている。書店で売れるかはまた別問題だ。

「まあ、そこはね。今回はとりあえず一ヶ月試してみるだけだから。でも、一葉さんが買ってきた本たちは、一葉さん自身、下調べなしに行って、その場で買ったものなんでしょう?」

「そうですね」

「なら、可能性はあるんじゃない?」

泰子さんに言われ、たしかにその通りだ、と思った。

6

ひとつばたごの定例会が近づき、蒼子さんからお菓子のことで連絡があった。今回は柚子さんが参加するらしく、定番の「言問団子《ことといだんご》」を別のものに変更することになった。蛍さんはお休みらしい。あのあと連絡がないのでまだ内定は出ていないのだろう。気にはなったが、向こうから連絡があるまで待とう、と思った。

代わりのお菓子は、母の勧めもあって「彩果《さいか》の宝石《ほうせき》」というフルーツゼリーにした。以前母の職場の人からいただいて、わたしも食べたことがある。ゼリーといっても一口サイズで手でつまめるものだ。果物そのものの風味が詰まっていて、とてもおいしい。埼玉の会社が作っているお菓子らしいが、銀座三越でも扱っていることがわかり、休みの日に買ってくることにした。

今回の会場は池上会館。航人さん、桂子さん、蒼子さん、直也さん、悟さん、陽一さん、鈴代さん、萌さんに交じって、久しぶりの柚子さんの姿が見えた。

柚子さんは、江戸を舞台にした新シリーズが好評で、二巻目の執筆や関連イベントなどで忙しかったらしい。二巻目の原稿が書きあがって、ようやく解放されたんですよ、と笑っていた。

立夏《りっか》を過ぎているので、発句は夏。桂子さんの「青時雨《あおしぐれ》昔の友と出会うよう」が取られた。青時雨が夏の季語で、木の葉にたまった雨が落ちてくることを言う。

今日は朝方まで雨が降っていたので、会館のまわりの木々にも水がたまっていたのだろう。下を通りかかったときに水が突然落ちてきて、むかしの友人に出会ったようだった、という意味である。

脇は、柚子さんの「葉裏をぬっと進むででむし」。「ででむし」はカタツムリ。柚子さんは、同じくカタツムリの異名である「まいまい」とどちらにするか迷ったようだが、「ででむし」の方がカタツムリの身体の重みが出ると考えたのだそうだ。

その後、第三は夏を離れ、季節のない雑《ぞう》。続く四句目も雑で、五句目は月の定座《じょうざ》で秋の月。六句目も続けて秋。蒼子さん、悟さん、直也さん、鈴代さんの句が取られた。

表六句が終了したところでフルーツゼリーを開け、机の真ん中に置く。「彩果の宝石」は、風味も良いが、ひとつひとつその果物の形をしているところもかわいい。みんな、わたしはいちご、僕は青うめ、と楽しそうに選んでいる。

わたしが文芸マーケットの話をすると、柚子さんが、えっ、と声をあげた。

「一葉さんも会場にいらしたんですか？　わたしも行ってたんですよ」

「そうなんですか？」

「まあ、あの広さと人出じゃ、同じ会場にいても気づかないですよねえ」

柚子さんが笑う。

「文芸マーケットって最近よく聞きますけど、そんなににぎわってるんですか？」

鈴代さんが訊いてくる。

「そうですねえ、もちろんコミケみたいな規模じゃないですけど、来場者数一万人は超えてるみたいですから、けっこうな大きさですね」

「一万人？　すごーい」

鈴代さんが目を丸くする。

「柚子さんみたいなプロの作家の方も行かれるんですね」

萌さんが訊いた。

「知人の作家がブースを出してるんです。そこの雑誌を買いに……。プロの作家にも自分のブースを出してる人がけっこういるんですよ」

柚子さんが答える。プロの作家も？　そうなのか。全然気づかなかった。

「そういう方たちはなにを販売しているんですか？　ご自分の著作？」

蒼子さんが訊く。

「いえ、出版社から出している書籍ではなくて、同人誌が多いですよ。作家仲間で作る同人誌とかですね。わたしの知人も、作家数人で組んで、ほかのジャンルのクリエイターを招いたりして、なかなかボリュームのある立派な雑誌を作ってます。実はわたしも次号に誘われていて……。原稿料は出ないんですが、なんでもいいって言われたので、書くことにしました」

「ええーっ、柚子さん、ふだんの執筆だけでもお忙しいのに」

鈴代さんが言った。

「いやいや、仕事の執筆はストレスがたまりますからね。好きなように書くだけじゃなくて、さまざまな要望がからみますし。原稿料は出ないですけど、自由に書く原稿ほど楽しいものはないんですよ」

「執筆のストレスを別の執筆で解消するってことですか。やはり作家さんは書くことに取り憑かれているんでしょうかね」

直也さんが笑う。

「そうですねえ。それしかできませんからねえ。そういえば、久子さんもいくつかの雑誌に寄稿してるはずですよ」

「前からいろんな短歌雑誌に短歌やエッセイを掲載されてますね」

悟さんが答える。

「久子先生もお忙しいはずなのに、どこにそんな時間があるんですかねえ。ちなみに、わたしも今回は頼まれて短歌系の同人誌に短歌を載せていただきました。仕事の都合でイベントには行けなかったんですけど」

「すごいですね、文芸同人誌、ブームなんですね」

蒼子さんが感心したようにうなずいた。

「なんか、いまの話を聞いていて思ったんですけど」

萌さんが言った。

「ひとつばたごの連句も、冊子にしてイベントで販売できたらいいな、って」

「え、それ、いい。やってみたぁい」

鈴代さんが即座に答えた。

「素敵ですね。でも、わたしたちにエッセイとか書けますかねえ」

　直也さんが困ったように笑う。

「いえ、連句だけでもいいんじゃないですか？　作品はたまってますし、作品をまとめてメンバーのだれかが短いコメントを書くだけでも内容としてはじゅうぶんな気がします。短歌だけの冊子もよく見かけますし」

　悟さんが言った。

「そうですよね。エッセイは書ける人だけ書けばいいんじゃないでしょうか」

　萌さんがうなずく。

「僕は文章には自信がないですが、編集ならお手伝いできると思います。前に取引先の人の冊子作りを手伝ったことがあって、独学ですが、編集ソフトもなんとか扱えますし、写真でしたらそれなりに撮れるかと……」

　陽一さんが言う。

「ひとつばたごには校閲の専門家の蒼子さんもいらっしゃいますし、一葉さんもイラストを描けるし、なんか、できそうな気がしますね！」

　鈴代さんがウキウキした口調になる。

「むかし簡易製本で作品集を作ったことはあるんですが、あれはメンバーの人数分だけの非売品でしたからね」

　航人さんが言った。ひとつばたごに通うようになる前に祖母の本棚で見つけたものだ、と思い出した。その作品集に記されていた蒼子さんのメールアドレスに連絡して、ひとつばたごに来ることになったのだ。

「あれももうだいぶ前のものですからね。そのあと作品もかなりたまりましたし、皆さんに意欲があるならまとめてみましょうか」

「じゃあ、あとはその文芸マーケットっていうところに出店する方法ですね」

萌さんが言った。

「参加申しこみ自体はそんなにむずかしくなさそうです。ただ、申しこみ期限がかなり早いですね。次のイベントは半年先ですが、申しこみはもうはじまってます」

陽一さんがスマホを見ながら説明する。

「申しこんだら絶対に冊子を作らないといけないですよね。緊張するぅ」

鈴代さんが言った。

「冊子作りやイベント出店に関することは、きりん座の人に訊いてみます」

わたしは言った。あずきブックスに同人誌を置く話もあるし、きりん座の人には近いうちに連絡を取るつもりだった。

「そういえば、今回、一葉さんも『きりん座』にエッセイを書いたんですよね？」

萌さんに言われ、うなずいた。

「え、今回の号にもう載ってるの？　読みたい〜！」

鈴代さんが身を乗り出す。

「はい。これなんですけど……」

カバンから「きりん座」の最新号を取り出し、おずおずと差し出す。

「うわぁ、表紙に名前出てる！」

鈴代さんが目を見開き、ページをめくる。

「へええ。これが一葉さんのエッセイ……。『自分史上最高の夕焼け』？　おもしろそうですね」

となりの柚子さんも横から雑誌をのぞきこむ。プロの作家に自分の文章が読まれていると思うと、顔から火が出そうだった。

「僕も読みたいです。イベント以外では買えないんですか？」

悟さんに訊かれ、きりん座のオンラインショップがあることを話した。

「あとでゆっくり読みたいし、わたしも買うわ」

桂子さんが言うと、ほかのみんなも、買います、と言った。

裏の冬の月の次に一句冬の句が付いたあと、蒼子さんの「電卓を叩いて競う会社員」に、直也さんの「ぎしぎしと鳴る予備校の椅子」と街の風景が続いた。

「予備校っていうのも、最近は少なくなっているみたいですね」

直也さんが言った。

「ああ、少子化で？」

萌さんが訊く。

「そうなんです。この前、息子の学校の保護者会に出たら、最近の大学受験は、推薦の類《たぐい》の方が多いって言われて。現役の高校生で一般受験は半数以下だとか。なんとか選抜やら、推薦やら、種類も多くて。実はわたしは一浪してまして、予備校に通った口なんですが、卒業後に通ういわゆる予備校っていうのは、ずいぶん数が少なくなってるみたいですね」

「わたしたちのころは一浪の人も多かったですよねえ。わたしの通っていた大学では、現役生は半分くらいだったような。いまは学生が少なくなっているから、大学も囲いこみをしているんですかね」

蒼子さんが言った。

——同級生のなかにはもう浪人すると決めこんでるやつもたくさんいたんだよ。うちも親はいいって言ってくれてたんだけどね。

そういえば、父もそんなことを言っていたな、と思い出した。結局父はその後国立大の試験に合格して、浪人せずに済んだみたいだが。

——それで夕やけだんだんの上に来たとき、見たんだよ。すごい夕焼けを。これまで見たことのないようなやつで。

——赤とか黄色とか橙とか、空が信じられないくらい複雑な色になって、商店街もオレンジがかって、言葉を失うくらいきれいだった。あたりにいた人もみんな立ち止まって夕焼けを見てたよ。わたしもしばらくぼうっと立ち尽くして。空の色が褪せてから我に返った。そしたら急に、まあ、いいか、って気になったんだよね。

父の言葉が頭によみがえってくる。

「さて、次は花ですね」

航人さんが言った。

花……。

そういえば、むかしは夕やけだんだんの上にも桜の木があったんだ。木が老いて倒れる危険があり、二〇一一年に伐採されてしまったのだが。

あのとき、もう一度花見をしたいという住民からの要望で伐採は延期された。その年の三月に東日本大震災があったが、木は揺れに耐え、春に花を咲かせた。父や母や祖母といっしょに、わたしも最後の桜を見にいった。

父といっしょに夕やけだんだんの写真を撮りにいっていたときも、あそこに桜の木はあった。父が自分史上最高の夕焼けを見たときも。夕やけだんだんに立つ父の姿が頭に浮かび、そのことを詠みたいと思った。

打越は「電卓を叩いて競う会社員」という他の句である。父のことだけを詠むと同じ他の句になってしまう。わたしもいっしょにいる形にして、自他半にするしかない。

夕やけだんだんという名前も入れたい気がしたが、歳時記を見ると夕焼けは夏の季語らしい。それに夕やけだんだんは八音もあって、五七五におさまりにくい。となると、階段坂か。六音だから、階段坂に、とか、階段坂の、とか助詞をひとつ入れるとちょうど七音になる。

夕日や夕暮れなら季語ではないようだ。でも、階段坂と花を入れて、夕日まで入れられるだろうか。ペンを持ち、短冊を見つめる。書いては消してをくりかえすが、なかなかまとまらない。

——夕焼けにお礼を言いたかったのかもしれない。

ふいに父の言葉が頭に浮かんだ。

父がそれを見たのは、大学に落ちたあとだった。合格したあとじゃなく、落ちたあと。それでもその夕焼けを見て、まあ、いいか、と思った。

父らしい。あの話を聞いたとき、そう思った。勝った自分を褒めたたえてくれる夕焼けじゃなくて、負けた自分に寄り添ってくれる夕焼け。父は、だからこそ、その思い出をなによりも大事にしていた。

――お父さんの思い出話、なんとなく、一葉さんと似ているところがあるような気がして、興味深かったです。

大輔さんの言葉を思い出す。父とわたしが似てる。そんなこと思ったこともなかったけれど、そういうところは似ているのかもしれない。

夕暮れの花の舞い散る階段に

父もわたしもいない、場の句になってしまったけれど、他の句ではないからこれでもいいはずだ。短冊をそっと航人さんの前に出す。

「いい句ですね、こちらにしましょう」

航人さんがにっこり微笑む。

蒼子さんがホワイトボードに書いた文字を見るなり、柚子さんが短冊にさらさらとペンを走らせ、航人さんの前に置いた。

「ああ、こちらもいいですね。よく付いている」

航人さんが深くうなずいて、蒼子さんに短冊を渡す。

夕暮れの花の舞い散る階段に　　一葉

あたたかな日の父の思い出　　柚子

ホワイトボードに書かれた句を見て、息をのんだ。

柚子さんの句のなかに父がいる。

「あっ、さっきの『きりん座』のエッセイみたい」

鈴代さんが言った。

「そうそう。一葉さんの句を見たら、さっきのエッセイが頭に浮かびまして」

柚子さんが、我が意を得たり、という顔になる。

目を閉じると頭のなかに父の写真の夕焼けが広がって、階段の上でカメラをかまえる父のうしろ姿が見えた気がした。

光の痕跡

1

連句会の翌日の日曜は「あずきブックス」へ。帰宅して夕食をとったあと、父がちょっと待っててくれ、と言って、部屋に戻っていった。

「はい、これ」

戻ってきた父は、古いスクラップブックのようなものを何冊も重ねて持っていた。

「アルバムだよ。この前話した、むかしのアルバム。今日の昼間、押し入れから出したんだ。ついでに押し入れのなかをいろいろ整理してたから、腰が痛いよ」

父が笑った。テーブルの上を片づけ、その古いアルバムを置く。

これがアルバム？

祖母が使っていた部屋の本棚にはいまも祖母の作ったアルバムが残っている。立派な布張りの表紙で、透明なシートのついた厚い台紙に写真を貼りつけるタイプのものだ。いまもなつかしくて時折棚から出してめくったりしている。

まだ若い祖父母や、子どものころの父、小さいころのわたしの写真もあって、ながめていると飽きない。祖母は写真の近くに手書きのメモを貼りつけ、いつどこで撮られたものかわかるようにしていた。自作の句が添えられているものもあって、それを読むのも楽しかった。

だが父が持ってきたものは、素気ない厚紙の表紙で、なかもスクラップブックみたいなクラフト紙だ。透明シートはないんだ……。そう思いながら表紙を開くと、台紙に大判のモノクロ写真がそのまま貼りつけられていた。

「透明なシートみたいなやつはないんだね」

「ああ、たしかにむかしはその形のものが流行ったよね。でも、上からシートを貼っちゃうと、それが光って写真がちゃんと見えないだろう？　写真部ではみんなたいていこういうアルバムにいちいち糊《のり》で貼りつけてたんだ」

なるほど、と思いながらページをめくる。祖母のアルバムはシートを剝《は》がして写真を入れてシートをかぶせるだけ。糊は不要で便利である。だがたしかに、写真をきちんと見るにはこちらのスタイルの方がよいのかもしれない、と思った。

モノクロの写真は不思議だ。世界がいつも目にしているのとはちがう、色のないものになる。色がないから、むしろものの形や人の表情が際立つ。

「ああ、このころのやつは下手くそだなあ」

父がぼやいた。

「下手？　どういうふうに？」

うまい下手の基準がわからず、そう訊いた。

「モノクロの写真は自分で現像してたって話はしたかな？　現像ってわかるか？」

「暗室で薬品に浸《つ》けたりする感じだよね？」

古い映画かテレビドラマで見たシーンを思い出しながらそう答える。

「でも、具体的になにをするのかは全然わからない」

「いまはみんなスマホだし、フィルムもなければプリントも滅多にしないし」

母が笑った。

「そうだよなあ。どこから説明すればいいかわからないが、まず、写真を撮ってからこういうプリントになるまで、現像は二回しなくちゃいけない。フィルムの現像と印画紙の現像だ。ちょっと待ってろよ」

父はまた部屋に戻り、紙の箱を持って戻ってきた。

「これがフィルムだ。現像に失敗したやつをたまたまとっておいたんだが」

そう言って、小さなプラスチックの筒から、丸まった長いフィルムを取り出した。

「フィルムカメラっていうのは、このフィルムをなかに入れて使うんだ。光を受けると変化する薬剤が塗られているんだよ。カメラのなかは真っ暗で、シャッターを切ったとき一瞬だけ光が差しこみ、フィルムが感光する。そのあと一コマずつ手で巻き取って次に送っていく、ってわけ」

わかったようなわからないような気持ちで、ふうん、とうなずく。

「で、最後はフィルムが全部こっち側に巻き取られる。フィルムケースのなかは真っ暗で、感光しないようになってる。暗室でそれを開けて、リールってものに巻いて、薬液に浸ける。そうすると、フィルムに像が浮きあがってくる」

父はさっきの紙の箱から細長いフォルダ状のものを取り出した。パタパタと折り曲がったケースが広がり、なかに短く切られたフィルムがはいっていた。

「光に透かすと像があるのがわかるだろう？　でも、これだと一見なにが写っているのかはわからない。像の白黒が反転しているからね」

フィルムは六コマごとに切られている。その小さな一コマ一コマになにかが見えた。が、父が言う通り、なにが写っているのかはよくわからない。わかるのは、人らしいとか建物らしいとかいう程度だ。

「で、このフィルムを引き伸ばし機という機械に入れる。上から光をあてると、もう一度白黒が反転してもとに戻った像が下に映し出されるんだ。機械についている拡大縮小用のレンズで、像の大きさを変えたり、ピントを合わせたりする」

白黒反転した像がもう一度反転してもとに戻るということか。

「プリントには印画紙というものを使うんだ。感光する性質の薬剤が塗られた紙だね。それを引き伸ばし機の下に置いて光をあてると、像の通りに感光するわけ。つまり、写真を紙にプリントするまでに、光の力を二回使うわけだ。一度目はカメラでシャッターを切るとき。二度目は引き伸ばし機を使って印画紙に光をあてるとき。いい写真が撮れるかどうかは、この二回の光で決まる」

父はアルバムの写真の一枚を指した。建物の前に人が数人立っているものだ。

「光の量が多すぎれば黒くなるし、足りなければ白っぽくなる。これは、光が多すぎて黒のグラデーションがつぶれてしまってるんだよ。本来は黒のなかにも微妙なちがいがあるのにそれを表現できず、真っ黒になってしまっている。こことか」

父が人物の影の部分を指した。

「ほんとはもっと繊細に表現できるはずなんだ。印画紙現像をするときに、黒い部分とそうでない部分で露光時間を変えて調整したりする人もいるみたいだけど」

「どうやって?」

「上に小さな紙をかざして、引き伸ばし機からの光を遮るんだよね。でも完全に遮ったら、紙の形通りに白い影ができてしまうだろう? だから小刻みに揺らしたりして調整する。下手な人がやると単に不自然な写真になってしまうけどね」

よくわからないが、すごく緻密な作業をおこなっていたということらしい。

「どういう像を撮るか、撮影の時点で考えることが大事なんだ。人物をしっかり撮って背景をぼかすのか、それともある程度背景もはっきり写るようにするのか。絞りっていうんだけどね、撮影のときのレンズの調整で決まるんだ。絞りをどの数値にしたらどう撮れるのか、こういう光のときはどんな像になるのか、何度も撮影して経験を積むことでようやくつかめるようになる」

「なんか、スマホの写真と全然ちがうんだね」

父の話を全部理解できているとは思えないが、そう答えた。

「まあ、いまのはカメラや写真の本質をきちんと考えて撮る場合の話。わたしが大学生だったころも、そんなふうに写真を撮る人なんてほとんどいなかったよ」

「そうね。たいていみんなコンパクトカメラを使ってたもの。ピントも絞りもなくて、撮るときはシャッターを押すだけ。そのあと『写ルンです』が出て……」

母が言った。

「使い捨てのカメラだよ。外側が紙でできてて、フィルムが内蔵されてる。全部撮ったらそのまま現像屋さんに持っていって、現像してもらう」

父が続けた。

「へえ、便利だね」

「あのころはあちこちに現像屋があったんだよね。むかしは写真屋に出して、数日後に仕上がったものを取りにいく、って感じだったのに、自動で現像できる機械が普及して『四十五分で現像します』みたいな店ができて……」

「そうそう、出してちょっと買い物してくると、帰りにはもうできてる」

　母が笑った。

「デジカメができてからは写真をパソコンに保存して、プリントも家でするようになったよね。スマホになってからは全部スマホにはいってるし、人と交換するときもデータで送ってもらうから、プリント自体あまりしなくなった」

「SNSに投稿するのが目的の人も多いよね」

　わたしは言った。

「そう考えると、これなんか前世紀の遺物だね」

　父は少しさびしそうに笑って、そっとアルバムの表紙に触れた。

「だけどさ、いま思い出しても、このころの写真は楽しかったんだ。フィルムも印画紙も学生にとっては高いものだからね。先輩から『うまくなるためにはとにかくたくさん撮れ』って言われたけど、そんなにたくさんは買えない。枚数にかぎりがあるから、いまみたいになんでもかんでも撮るわけにもいかないし、撮ってもその場で出来を確認することもできないから」

「そうか、現像しないと見えないんだもんね」

「わからないまま帰ってくるわけ。それでフィルムを現像して、印画紙にプリントして。最初のころはよくフィルム現像で失敗したしね。そこで失敗したらすべて終わりなんだ。同じものは二度と撮れない。なんとか成功して印画紙にプリントするところまでいっても、自分が思った通りに撮れてなかったり」

　父はなつかしそうに笑った。

「でも楽しかったんだよなあ。暗室の作業もね、暗いなかで像が浮かびあがってくる瞬間にはなんとも言えない高揚感があってさ。スマホで撮影するのの何十倍も時間をかけて、ようやく完成して、でもそんなにうまくいってない。満足のいく写真なんて、ほとんどないんだけどね」

「だからフィルムのカメラにこだわってたの？」

「こだわっていたつもりはないんだよ。部室の暗室で満足できずに自宅に暗室を作っている部員もたくさんいたけど、そこまでする気はなかったし。たぶんカメラの感触が好きだったんだよなあ。持ったときの重みや、シャッターを押すときの感触、フィルムを入れたり巻き取ったりする作業……。まあ、古い人間だってことだ」

「でも、このアルバムの写真、素敵だと思うよ。うまい下手はわからないけど、スマホの画面で見る写真とは全然ちがうっていうか。なんか、手触りがある気が」

　写真の表面はつるつるで、感触なんてあるはずがないのに、なぜかそう思う。

「光の手触りかもしれないな」

父が言った。

「写真っていうのはね、像を写しとるんじゃなくて、光を写してるんだよね。はいってきた光に薬剤が反応してるだけで、像を認識してるわけじゃないんだ。光の痕跡っていうか。フィルムカメラで写真を撮っていると、そのメカニズムがよくわかる。そこも好きだったんだよなあ」

光の痕跡。光の手触り。その言葉が耳に残った。

「これ、借りてもいいかな？　前に話した『きりん座』の人に見せたいんだけど」

「ああ、もちろんいいよ。そのために引っ張り出してきたんだから。でも、こんな古いもの、いまさら見てもなあ。写真の出来もいまひとつだし……」

父は苦笑いしながらアルバムをめくる。

「あ、『夕やけだんだん』の写真は？」

「それはあたらしいアルバムにはいってるよ。最後の方の……」

父が下の方にあったアルバムを取り出し、開いた。そのアルバムの写真はカラーばかりだ。子どものころの兄やわたしの姿もあった。これを見られるのは少し恥ずかしいが……。剝がすことはできないし、まあ、いいか。

めくっていくと、夕やけだんだんの写真が何枚も出てくる。コンクールに出すために何度も通っていたころの写真だろう。ところどころにこのあたりの路地の写真もあった。いまとは建物が変わっているところもあり、すっかり忘れていたのに、写真を見ると記憶がよみがえってくる。

コンクールに入賞した写真と同じときに撮ったもので、ちがうアングルのものも何枚かならんでいた。このときはずいぶんねばったんだな。父があまりにも写真に夢中になっているので、飽きて階段に座っていた記憶もよみがえってきた。

アルバムを自分の部屋に持ち帰ったあと、なかの写真を数枚スマホで撮影し、大輔さんに送った。しばらくすると大輔さんから、ぜひ実物を見たい、という返信があった。モノクロの写真にも興味がある、来週の週末に「きりん座」の件であずきブックスに行くのでそのときに見せてほしい、と書かれていた。

2

次の週末、大輔さんが「きりん座」を持ってあずきブックスにやってきた。

泰子さんから同人誌コーナーのことは一葉さんにまかせると言われ、カフェスペースで打ち合わせをすることになった。条件を説明して、カフェスペースの本棚全体を一ヶ月だけ同人誌コーナーにする計画についても話した。

「え、あの本棚全部ですか？」

大輔さんが驚いたように言った。

「はい。あの本棚はもともと泰子さんのおすすめ本コーナーなんです。カフェで読めるように貸し出し専用で」

「前回来たとき気になってたんです。素敵な品揃えだなあ、と思って」

「当初はいちばん上の段の一画に自主制作本コーナーを作るっていう話になってたんです。でも、文芸マーケットで買ってきた本を見たら、本棚すべてを同人誌コーナーにするのはどうか、っていう話になって」

「それはすごいですね」

「トークイベントが話題を呼んで、あずきブックスも最近は新規のお客さんが増えてきたんです。同人誌を置けば店としての個性も生まれ、強みになるかもしれない、それならまとめてフェアにした方が効果があるんじゃないか、ってことになったんです。『きりん座』もその一画に置くことになります。とりあえず一ヶ月ですが」

「たしかに同人誌にはふつうの本とはちがう強さがありますよね。百冊とか二百冊とか売れれば、大きな赤字を出さず、雑誌を続けられますから、広く一般に受け入れられるということは考えなくていい。だから好きなことができるんです」

大輔さんにそう言われて、「ひとつばたご」の作品集の件を思い出した。

「実は、ひとつばたごでも同人誌を作ってみたい、っていう話が出ていて……」

「へえ。そうなんですね」

「この前の連句会で『きりん座』を見せたら、自分たちも作ってみたいって……。ずっと前に非売品の作品集を作ったことがあるんですが、それ以来まとめていないようで、作品もかなりたまっているんです」

「前の作品集を出してから何年くらいですか」

「もう七、八年は経っているかと。そのあいだ、ほぼ休みなく毎月定例会を開いて歌仙を巻いていて。たまに半歌仙の月もありますけど」

「だとすると、かなりの数がありますね」

「はい。そのすべてを一冊に収めたらすごい分量になりますよね。だから、まとめ方は考えないといけないんですけど……。でも、編集作業や印刷についてはなんとかなると思います。蒼子さんは校正の専門家ですし、編集用のソフトを使えるメンバーもいて。それに、航人さんの勤め先は『印刷文化博物館』という博物館で、母体が印刷会社なんです。その伝手《つて》で、印刷の方もなんとかなるみたいで。イラストも、簡単なものならわたしも描けますし」

「一葉さん、イラスト描けるんですか？」

「え、ええ。ちゃんと習ったわけじゃないんですけど」

レジ横の小さな棚に「houshi」や「くらしごと」のリーフレットを置いていたこ

とを思い出した。立ちあがって一部ずつ取り、テーブルに置く。

「ポップやリーフレットを作る仕事も請け負ってるんです。手描きしかできないんですけど、こういうワンポイントくらいなら……」

一枚の絵として飾れるようなものではないが、ワンポイントの線画のようなものは前の書店のころからわりと得意で、ポップにもよく描いていた。

「これ一葉さんが描いたんですか。味わいがあって、すごくいいですね」

大輔さんがリーフレットをじっと見た。

「ありがとうございます。そういうわけで、雑誌を作ることはできるんじゃないかな、と思うんです。ただ、イベントの出店のことがよくわからなくて。サイトの出店要項を見て、申し込み方法はわかったんです。でも、出店してほんとに売れるのか、とか、どれくらい刷ればいいのか、とか……」

「うーん、内容が連句だけだと、正直ちょっと厳しいかもしれないですね」

大輔さんが言いにくそうな顔になる。

「連句を知っている人がまだまだ少ないですからね。『きりん座』はそもそも短歌を作っている人たちがメインで、エッセイも載っているからいまはそれなりに売れてますけど、最初のころは全然で」

「そうなんですか？」

「すごい数のブースが出てますからね。やっぱり工夫しないと売れない。あと、事前の宣伝や話題作りも大事で、SNSで話題になるとか……」

SNS……。航人さんや桂子さんは無縁そうだし、わたしもいまだによくわかってない。でも蒼子さんは以前SNSで連句を巻いてたって言ってたっけ。鈴代さんや陽一さん、萌さん、萌さんはそこから参加するようになったとか。萌さんはSNSがかなり好きだって言ってたから、萌さんにお願いするのがいいのかな。

「ひとつばたごは、久子さんや柚子さんのように著名な方が参加している作品も多いでしょう？　そういう方に宣伝してもらえば……」

「そうですね。あずきブックスのトークイベントも、おふたりに宣伝してもらったらあっという間にチケットが完売して……」

いつもいつも久子さん、柚子さん人気に頼ってばかりでいいのか、とも思うが、たしかにいまのところそれくらいしか強みがない。

「さっきは同人誌だから売れる売れないと関係なく作っていい、って言いましたけど、やっぱりある程度は、読む人がいるのか考えないといけないですよね。内容やテーマを変える必要はないと思いますが、見せ方を変えるというか……」

大輔さんがうーん、と考えこむ。

「連句は自分で巻くとおもしろさがわかるんですけどね。ただ、出来上がった作品を読んでも、いまひとつその楽しさが伝わらない。だから、『きりん座』の読者からもよく『連句のページだけはよくわからない』って言われるんですよ」

連句作品をそのまま載せただけじゃダメということか。

「わかりました。ちょっとみんなと相談してみます」

「そうですね。どういう人たちに向けて、どう見せるか。最初にきちんと考えておいた方がいいですよ。もちろん、出してから様子を見て内容を変えていくのでもいいんですけど。なにを目指すのかはある程度話し合った方がいいと思います」

大輔さんは真面目な顔でそう言った。

「そういえば、大輔さんも自分の雑誌を作りたい、っておっしゃってましたよね」

「そうなんです。出したい、という気持ちはあるんですが、どういう見せ方をすればいいのか、悩んでいて」

「作ったらきりん座のブースで売るんですか」

「うーん、きりん座のブースに置いてもらうか、自分でブースを取るかもちょっと悩んでるんですよ。きりん座のブースは短詩系カテゴリにあるんですが、写真＋文章だとカテゴリがちがいますからね。イベントの規模が大きくなって、自分の好きなカテゴリしか見ない人が多いですから」

「あれだけブースがあると、全体をまわるのは厳しいですよね」

「そうなんですよ。会場も広いし人も多いから、まわるだけでたいへんで。にぎやかになったのはいいことなんだけど、大きくなると全体が見えなくなる、って茜さんも言ってました。けど、ブースのことより、まずは雑誌の内容、っていうか、方針を決めないと……」

大輔さんが天井を見あげた。

「そうだ、一葉さんのお父さんの写真。今日はそれを見たくて……」

「そうでしたね。ちゃんと持ってきてます」

わたしはとなりの椅子に置いた紙袋から、例のアルバムを取り出し、テーブルに広げた。さすがに全部は無理だったので、初期のモノクロのアルバムから三冊、夕やけだんだんを含むカラーのアルバムから二冊選んで持ってきた。

「うわあ、モノクロ写真。いいですねえ」

ページを開くなり、大輔さんが言った。

「ご自分で現像したものなんですよね？　やっぱり家に暗室を作ってたんですか」

「いえ、そこまでではなくて。大学の写真部の暗室を使っていたんだそうです。部員のなかには自宅に作っていた人も多かったみたいですけど」

「暗室、憧れるなあ。僕らの部室にもむかしはあったみたいなんですけど、サークル棟を建て替えたときになくなってしまって。部員もみんなデジタル派で。でも、以前仕事で、写真家の暗室を見せてもらったことがあって、写真ってほんとはこういうものなんだな、という実感がありました」

「父も、暗室作業が楽しかった、って言ってました。自分の写真はまだまだで、フィルムと印画紙でほんとはもっと繊細に表現できるんだ、とか……」

「その写真家も言ってました。フィルムと印画紙の表現力はデジタルとはまったくちがうものだって。僕にはそこまでわからないんですけど、このアルバムの写真、好きだなあ。すごく空気感があって……」

大輔さんはゆっくりとアルバムのページをめくっていく。父の通っていた大学の近くなのだろうか、東京らしい街の商店街や小さな路地が写っていた。

「ああ、ここはもしかしたら僕も行ったことのあるところかも……」

アルバムのなかほどに貼られていた写真を指して、大輔さんがつぶやく。

「先輩の下宿の近くで……。建物は変わっているけど、道の形がよく似てる」

うちの近くの写真でも建物などはけっこう変わっていて、父から場所を聞くまでどこだかわからないこともあった。

「このアルバムの写真と同じ場所を撮影して、いまとむかしをくらべたらおもしろいかも。雑誌にこの写真を載せることができたら……」

大輔さんが思いついたように言う。

「いいですね、それ。二枚ならべたら、この数十年の変化がわかりますし、興味を持つ人もいそうですよね」

「ずっと坂を撮ってきて、僕にとってはおもしろいものなんですけど、それをどうやったら伝えられるのか、いまひとつわからなくて。でも、この写真を見ていたら、なんとなくイメージが浮かんできました」

「じゃあ、父に訊いてみましょうか。撮影場所も覚えていると思いますし」

「ほんとですか？　助かります。ＯＫしてくれるといいんですが」

「訊いてみないとわからないですが、なにかの形で外に出せたら父も喜ぶんじゃないかと」

「もし実現できたら、一葉さんもエッセイを書いてくれますか？」

「え、わたしがですか？」

驚いて訊き返す。

「いま急に全体のイメージが浮かんできて……。むかしの写真といまの写真があって、そのふたつをつなぐような文章が組み合わさっている感じ。この前の一葉さんのエッセイがとてもよくて、ああいう文章があるとすごくいいなあ、って」

「あれは、あの一編だけ、って感じで……」

わたしは苦笑いした。父がコンクールに写真を出したのは夕やけだんだんのときだけ。あのエッセイは、あれが父にとって一生に一度のイベントだったから書けたのだ。「一生に一度のエッセイ」などと言うつもりはないが、今後も同じようなものが書けるとは思えない。

「いえ、家族の大事な記憶が描かれているところも素敵だったんですが、それだけじゃなくて、一葉さんの文章そのものがいいな、って。変な引っかかりがなくする読めるから、自分もその場所にいるような気持ちになれて」

「あ、ありがとうございます」

いろいろな人から、よかったです、おもしろかったです、とは言われたけれど、こんなふうに褒められたのははじめてで、なんだか恥ずかしかった。

「さっき見せてもらった一葉さんのイラストも素敵でした。個性の強いものって、向こうからこっちに飛び出してくる感じがするじゃないですか。一葉さんの絵は強い主張はないんですけど、逆にこっちがその世界に引きこまれる、っていうか」

「そうでしょうか。むかしから強く訴えたいことがあまりなくて……。あずきブックスの短歌イベントのときにわたしたちも短歌を作ることになったんですけど、そのときもすごく苦労したんです。連句は前の人の句に付けるからできるんですけど、ひとりでなにか作れって言われると……」

「それ、ちょっとわかります。僕も、久輝さんに誘われて連句をはじめて……。連句は楽しいんです。きりん座の人たちと巻くのもいいし、睡月さんみたいな年配の人と巻くのも、この前のひとつばたごの連句会もすごく楽しかった。ひとりひとりのメンバーの向こう側にあるものが透けて見えてくるときがあって、それがぐっとくるんですよね」

「そうなんです。わたしは、亡くなった祖母がひとつばたごにいて。祖母の死後にあいさつに行って、そこからはまってしまって」

「お祖母《ばあ》さまが……。そうだったんですね」

「連句を巻くたびに、祖母のことがわかる瞬間があって。わたしたち家族に見せていた顔と連句会での顔はちがうんですよね。ひとつばたごの人たちから祖母の話を聞くのが楽しかったし、祖母の作った句を見て、ああ、こんなことを考えていたんだな、って。句を作るときも、祖母ならどんな句を作っただろう、って考えたり」

祖母もいっしょにこの場にいると感じたことも何度もあった。

「今回の『きりん座』のエッセイも、父の写真があったから書けたんじゃないか、って思うんです。句に付けるんじゃなくて、写真に付けた、っていうか」

「ああ、なるほど……」

大輔さんがうなずく。

「感覚が短歌より俳句に近いのかもしれないですね」

「俳句に？」

「俳句には季語があるでしょう、睡月さんによると、俳句っていうのは季題《きだい》に向き合って作るものなんだ、と。そして、その季語の向こうに、これまでにその季語を用いて作られた無数の句がある。俳句のもとは俳諧ですから、なにかに『付ける』という気持ちは残っていて、それが前句から目の前にある季題に変わった、ってことなのかもしれないですけど」

「そうなんですね。わたしは俳句も作ったことがなくて……」

「僕もないですよ。いまのは睡月さんの受け売りで。僕自身は短歌も俳句も作ったことがありません。きりん座のメンバーには、できるよ、って言われるんですけど、全然できない。だから写真を載せてるんです」

　大輔さんが困ったように笑った。

「でも僕は、写真はちょっと俳句に似ているところがあると思っていて。被写体をとことん見つめるところからはじめるっていうか。なんだろう、一葉さんの文章やイラストにも少し似たものを感じたのかもしれないです」

「エッセイは書けるかどうかわからないんですが。なにしろ今回がはじめてで、書き方もわからず手探りだったんです。でも、イラストの方は、ある程度描けると思います。写真のことも父に訊いてみますね」

わたしがそう答えると、大輔さんは、お願いします、と勢いよく頭を下げた。

夕食のとき、父に大輔さんの話をして、写真を雑誌に掲載しても良いか訊ねた。

「え、あれを？　まあ、ずっと押し入れで眠ってたものだからね、取りあげてもらえるならうれしいが……。あんなんでいいのかな」

父は戸惑った表情で言った。わたしは、父の写真と同じ場所でいまの写真を撮り、ならべて掲載するという大輔さんの案を説明した。

「なるほど、おもしろそうだね。古い写真だけど、資料的な価値はあるのかもしれない」

父は納得したような顔つきになる。

「どう使うのか、ちょっと興味があるね。その人と直接会って話せるかな」

「うん。城崎さんも写真の撮影場所を確認したいって言ってたし」

連句の習慣でいつもは名前で呼んでいるが、父の前では苗字で呼んでおくことにした。

「そうか。じゃあ、日程はだな……」

父が自室からシステム手帳を持ってきて、ページをめくる。わたしが子どものころから使っている年季のはいった手帳である。母はスケジュール管理にもスマホアプリを使うようになっているが、父はあいかわらず手書き派だ。

候補日を何日か出してもらい、わたしがメールで日程調整することにした。

「ところで、その城崎さんっていう人は、どんな人なんだ？　仕事は？」

「わたしもまだ何回かしか会ったことがないし、くわしいことは知らないんだけど。でも、生活雑貨の大手チェーンに勤めてるって聞いたよ」

チェーンの名前を口にすると、母が、そこならわたしも知ってる、センスが良くて使い勝手もいい品がそろってるわよね、とうなずいた。

「なんだかそわそわするな。写真の話をするのは久しぶりだし。しかも若い人が相手となると……。いまのカメラのことなんてなにもわからないからなあ」

父はそう言いながらも、ちょっと楽しみにしているように見えた。

3

六月も半ばになり、連句会が近づいてきた。

今月のお菓子は「喜久月《きくづき》」の「あを梅《うめ》」。名前に梅がはいっているが、形が梅に似ているからで、梅を使っているわけではない。ほんのりお味噌の風味のある白餡を抹茶入りの求肥《ぎゅうひ》で包んだものだ。今回は柚子さんが不参加なので、そのままあを梅を持って行くことにした。

蒼子さんからのメールに「蛍さんは保留」とあったので、就活が難航しているのかな、と思っていたが、連句会の数日前になって、わたしのところに蛍さん本人からメールが来た。「内定をいただきました！」という件名を見て、思わず、やった、と声をあげそうになった。


ご心配をおかけしましたが、一社から内定をいただくことができました！

出版社ではなく、文具メーカーです。

実は、以前から文具にも興味があり、出版社に力を入れつつも、文具メーカーにも何社かエントリーシートを出していました。

本気で就職したいというよりは、大好きな文具を作っている現場のことを見るチャンス、就活のときにしかできないこと、と思って応募したんですが、なぜかそこで書類選考に残り、面接を重ねて内定をいただくことができました。

以前は絶対に出版社に就職したい、と思っていたのですが、就職活動を続けるうちに、ほんとうに自分が出版社に向いているのかわからなくなっていました。

きりん座の連句会のあと、翼さんと偶然お話しする機会があって、そのことを相談したところ、翼さん自身の体験を聞くことができ、就職の方向についていろいろ考え直しました。説明すると長くなってしまうのですが、翼さんと話したおかげで、文具メーカーで働きたいと思うことができました。

これから出版社の募集があるかもしれないけれど、ご縁があって内定をいただいたこの会社に就職するつもりです。

一葉さんにもたくさん相談にのっていただき、ご心配もおかけしましたが、いまは文具メーカーで働くために、いろいろ勉強中です。

ひとつばたごの定例会にも出席します。蒼子さんにも伝えてあります。くわしいことはそのときにお話ししますね。

メールにはそう書かれていた。

蔵前に行ったとき、蛍さんが「カキモリ」で目を輝かせて文具を見ていたことを思い出した。大学も文学部、本が好きで自分で小説を書くほどだから、出版社で働きたいという気持ちも本物だったんだろう。でも、カキモリにいるときの蛍さんはほんとうに楽しそうだった。

たしかに「好き」だけじゃ仕事はできない。でも「好き」がなかったら仕事をしていてもつらいだけだ。くわしい話は連句会で聞くとして、あれだけ好きならきっと大丈夫だ、と思った。

連句会の日がやってきた。会場は大田文化の森。大森駅を出てバスに乗り、そういえば三月の会のときは大輔さんといっしょに歩いたんだっけ、と思い出した。

父と話したあと、大輔さんと何度かメールをやり取りし、来月のはじめの日曜日にあずきブックスに来てもらい、カフェで父と話すことになった。父は大学の写真部時代のあれこれを押し入れから発掘しているみたいだ。

その日はわたしは仕事があるから、ふたりを引き合わせたら書店に戻らないといけないが、ふたりがどんな話をするのか気になった。

――僕は写真はちょっと俳句に似ているところがあると思っていて。被写体をとことん見つめるところからはじめるっていうか。なんだろう、一葉さんの文章やイラストにも少し似たものを感じたのかもしれないです。

この前会ったときに大輔さんに言われたことを思い出す。あれはどういう意味だったんだろう。被写体をとことん見つめる？　スマホで写真を撮るとき、そんなことを考えたことはなかった。きれいだな、おいしそうだな、おもしろいな、と思ったら、ボタンを押す。ただそれだけ。

撮っただけで満足して、見返していない写真もたくさんある。思い出は全部スマホのなかにある。だから思い出せなくても大丈夫。よく考えると、それじゃ、なんのために写真を撮っているのかわからない気がする。

父の話を思い出すと、写真というのは本来そういうものではないみたいだ。父も大輔さんも大学時代は写真部。どうやら写真好きの人にとっては写真は「記録」ではなく「表現」ということらしい。

大田文化の森に行く途中も、大輔さんはあちこちで写真を撮っていた。夕やけだんだんの写真を撮っていたときの父のように。

そういえば、きりん座の久輝さんも写真部だったんだっけ。久輝さんの方は短歌に集中するために写真はやめたと言っていた。久輝さんの眼鏡を思い出すと、それがまた今井先輩の記憶につながった。

今井先輩の写真はない。大学でゼミのときにみんなで写真を撮るようなことはなかったし、遠足などで外に出かけるときには、今井先輩は一度も来なかった。だから、今井先輩の顔は実はもうはっきり思い出せない。一枚でもいいから撮っておけばよかった。プリントしなくてもスマホに保存さえしておけば、見返すことだってできたかもしれないのに。

今井先輩のこと、気になってはいた。好きだったのかもしれない。でも、もうそれもはっきりしない。言葉にしたことがなかったから。本人に伝えなかっただけじゃなくて、友だちにも言わなかったし、自分のなかでも気持ちをはっきり形にしたことがなかったから。

言葉にしない気持ちはだんだんぼんやりとあいまいになっていく。写真に撮らなかった人の姿形の記憶がぼんやりしていくように。好きかどうかなんて、ほんとに正確なことなんて、自分でもわからない。自分で自分に問いかけて、自覚しなければ消えてしまう。

連句を続けてきて、そういうことが少しわかるようになった。句にしたことではじめて見えたこと、わかったこともたくさんある。

今井先輩のこと、好きだったんだろうか。

なにが気になっていたんだっけ。あまり発言しないところ。笑わないところ。ゼミで先生や学生の発言に、みんななんとなく笑ったり、なにかしら反応する。今井先輩はそれをしない。だから苦手だと思っている人もいたと思うし、ゼミでどこかに行くときも今井先輩には声をかけないことが多かった。

みんなが笑っているとき、なぜか今井先輩の顔を見てしまう。無表情な先輩を見て、どう感じているんだろう、と不安になる。なぜ笑わないのかな、と思ったこともあるが、でもだったらどうしてわたしは笑っているんだろう、と考える。

自然に笑うこともあるけれど、発言している人に対する同意の合図であることも多かった。仲間はずれになりたくない、とか、無愛想だと思われるのが怖いとか。

だから過剰に笑う。自分が人の顔色ばかりうかがっている臆病者のように思えた。

ときどき今井先輩もうっすらと微笑んでいることがあり、その顔を見るとなぜかほっとした。先輩の表情がなにかの基準になっていた。だからいつも先輩を見た。好きだったから見ていたのとは少しちがう。でも、くりかえし見ることで、いつのまにか自分にとって重要な存在になっていた。

それを好きというのか。もう遠すぎて、よくわからない。だけど少なくとも、なぜ笑わないのか、先輩に訊いてみるくらいしてもよかった。そうやって会話すれば、なにか次の展開があったかもしれない。でも怖くてできなかった。

こんなぼんやりした人生でいいのか。なにもかもはっきりさせないままの人生。波風は立たないけれど、ほんとにそれでいいのか。

ため息をついて外を見ると、もう大田文化の森の停留所が近づいていた。

4

連句会の会場の集会室にはいると、蛍さんの姿があった。航人さん、桂子さん、蒼子さんに囲まれている。

「あ、一葉さん」

蛍さんがわたしに気づいて手を振った。

「内定取れたんだね。よかった。おめでとう」

「一葉さんにはいろいろ愚痴っちゃったりして、すみませんでした。相談にのっていただいて、ありがとうございました」

蛍さんがペコリと頭を下げた。

きりん座の翼さんとのことも訊きたかったが、それは連句会が終わってからにしようと思いつつ、蛍さんと給湯室に向かった。給湯室には鈴代さんと萌さんがいて、口々に、よかったね、と言いながらお茶の準備をした。

短冊などは直也さんと陽一さんが整えてくれていて、お茶を配るとすぐに連句会がはじまった。六月なので、季節は夏である。

「今日はいいことがありましたからね。発句はお祝いの句にしたいですね」

航人さんが微笑む。

「ええっ、そんな……。まだ就職したわけじゃないですし」

蛍さんが両手を胸の前で振る。

「いいじゃない、ほんとに就職したら忙しくなっちゃうわよぉ」

桂子さんが笑う。

「そうですよ、内定って大きな儀式だと思いますよ。大人になるための試練を乗り越えた、ってことですからね。これまでの試練とは次元がちがう」

直也さんが真面目な顔でうなずいた。

「受験も大きな試練ですけど、それとは質がちがいますよね。子どもから大人に脱皮するための試練。だれかがそんなことを言ってました」

悟さんもにこにこ笑いながら言った。

「脱皮……」

蛍さんはきょとんとした顔になる。

「まあ、大きく言えば、親に養ってもらっているうちは雛《ひな》ですからね。自分で働くようになって、ほんとの人生がはじまる」

直也さんが笑った。

「お勤めするようになるの、わたしはすっごく楽しみにしてました！　お給料で好きなお洋服も買えるし、大人になりたいってずっと思ってました」

鈴代さんが言った。

「僕は車がほしくて。学生時代は親の車を借りてたんですけど、それだと自由にできませんから。最初に中古車を買ったときはうれしかったなあ。会社勤めもきらいではなかったんですけどね。自分には合いませんでした」

陽一さんが苦笑いする。

「まあ、お勤めが好きな人はあんまりいないよね」

鈴代さんが笑う。

「学ぶことも多いし、楽しいこともたくさんあったんですけどね。なんでだろうなあ。結局辞めてフリーになった。仕事自体はいまの方が忙しいですよ。休みもあまり取れなくて」

「自営の方が自分でコントロールしなければならないからたいへんですよね」

悟さんが言うと、陽一さんが、そうなんですよねえ、と笑った。

「あの、『就職活動』って季語なんでしょうか。就活だけじゃなくて、リクルートスーツとか。歳時記には書かれてないみたいなんですけど」

萌さんが訊いた。

「季語じゃないと思いますよ。新入生とか新入社員は春の季語ですが」

航人さんが答える。

「そうか、就活は季節に関係なく、一年じゅう続きますもんね」

萌さんがうなずいた。

「就活とか内定みたいな言葉を直接使わなくてもいいんじゃないですか。発句ですし、お祝いの気持ちさえこもっていれば」

蒼子さんが言うと、みんな、そうですね、と言いながら短冊を手に取った。

蔵前に行ったときのことを思い出して、句になにか文具を入れたいと思った。万年筆？　つけペン？　ペン先にインクをつけて線を引く。すーっと伸びるあの感触が忘れられない。あたらしい世界に行く感覚と通じるところがある。

発句だから、季語は絶対必要だよね。「線を引く」という言葉を中心にしたいから、季語はシンプルに「夏」でいいか。書いたり消したりをくりかえし、「はじめての線を一本引いて夏」と書いた短冊を航人さんの前に出した。

「なるほど、いいですねえ。『旅立ちの準備はじめる夏の風』と『万緑《ばんりょく》や大地踏み締めひとり立つ』。『はじめての線を一本引いて夏』は一葉さん。旅立ちと万緑はどなたですか？」

航人さんが訊くと、蒼子さんと直也さんが手をあげた。旅立ちの句は蒼子さん、万緑は直也さんの句らしい。

「万緑の句は、中村草田男《なかむらくさたお》の句を受けたものですよね」

「そうです、有名な『万緑の中や吾子《あこ》の歯生え初《そ》むる」ですね。最初の歯が生えるのは生後半年くらいからかな、と思いますが、それからハイハイして、立って、歩いて……。最初に立った瞬間とも取れるし、就職してひとりだちすることのようにも取れる。そんなイメージで作りました」

直也さんが答えた。

「これは悩みますね。『夏の風』も発句らしくていいですし、『万緑』にもおもしろみがある。でもここは、一葉さんの『はじめての線』にしましょうか。すがすがしくて、潔くて、なにより蛍さんの雰囲気によく合っている」

航人さんが言った。

「わたしもこの句、すごく好きです。自分のいまの気持ちにもぴったりで……」

蛍さんもうなずいた。

「じゃあ、こちらにしましょう」

航人さんがそう言って、短冊を蒼子さんに渡した。蛍さん自身にも、自分の気持ちにぴったりくると言ってもらえて、なんだかうれしかった。

みんなすぐにペンを握り、航人さんの前に次々に二句目の短冊がならぶ。

「これもおもしろいですねえ。『くるりくるりと光るほうたる』。これはどなた？」

「わたしです」

航人さんの問いに、萌さんが手をあげる。

「『ほうたる』は『蛍』で、夏の季語」

「そうなんです。蛍さんの名前を入れておきたくて」

萌さんがうなずいた。

「蛍が飛んだときの光が線になるイメージですね。発句ともよく付いているし、光る蛍に喜びのイメージもある。でも、今回は、この陽一さんの句かな。『まぶしき空に立ち上がる虹』」

航人さんが読みあげると、みんなが、おお、と声をあげた。

「蛍さんの名前も入れておきたいところですが、蛍だと夕闇の雰囲気になってしまいますからね。発句の一本の線は真昼の真っ青な空を思わせますし、すごく勢いがある。一本の線と虹だと少し付きすぎな気もしますが、発句・脇なのでこれくらいは良いような気がします」

「これもうれしいです。虹って、雨のあとにできるじゃないですか。いろいろあったあとに取れた内定だったので。その感じにすごく合っている気がして」

蛍さんが嚙《か》み締めるように言った。

「二句のあいだに気持ちが通ってますし、いまの蛍さんの気持ちとマッチしているところもいいですね。これでいきましょう」

航人さんがうなずいた。

「そうですね、たしかに陽一さんの句の方が広がりますよねえ。お祝いタイムに参加したかったんですけど、あきらめます」

萌さんは残念そうな表情だ。

「蛍の句自体はすごくいいのよねぇ。『ほうたる』っていう響きもやわらかくて。

これはいつかどこかでまた使えるんじゃない？」

桂子さんが笑った。

「じゃあ、第三にいきましょう。もう夏は離れていいですよ」

航人さんが言う。第三は発句・脇の世界からは大きく離れる。

「発句・脇がお祝いの句だったし、第三は蛍さんにつけてもらいたいですねぇ」

悟さんがにっこり笑って蛍さんを見る。

「えっ、そうですね、たしかに……。えーっ、でもどうしよう。もう就職活動のことからは離れた方がいいんですよね」

蛍さんが航人さんに訊いた。

「発句も脇も、句自体は就職活動に触れていないので、就活が出てきても問題はないですよ。発句・脇の世界と切れていれば……」

「なるほど」

蛍さんがペンを取り、考えはじめた。

「ほかの皆さんも考えてください。あくまでも出来上がった句で選びますから」

航人さんが笑いながら言う。鈴代さんが、わかりましたぁ、と短冊を手にした。

打越にあたる発句は自の句。だからここは自以外、そして第三なので、次に続く感じで終わらなければならない。季節はなし。

わたしは発句を出したからしばらくお休みしていてもいいだろう。どんな句が出るんだろう、とみんなを見まわした。

「今回は、発句に『引いて』があるんですよね。だから『て止め』にすると、どうしてもダブる感じになっちゃう気がして」

萌さんが言った。たしかに、わたしの発句は途中に「引いて」がはいっている。

「すみません、変えた方がいいですか？」

航人さんに訊いた。

「いやいや、せっかくの句だからここはこのままいきましょう。第三は『て止め』が多いけど、『〜して』じゃなくてもいいんですよ。「にて」や「に」でもいい。「らん」や「もなし」もあるけど、いまは馴染みがないですよね」

「『にて』っていうのは、『海辺にて』とか『都にて』とか、そういうことですか？」

「そうそう。『に』は『月影に』とか『城跡に』とか……。『晴れやかに』なんていうのもできるかな」

「なるほどぉ。そうすると『引いて』とかぶった感じにはならないですね」

萌さんは納得したようで、ふたたび短冊に向かった。みんな書くことに集中して、しばらく沈黙が続く。時折小さくペンで文字を書く音が聞こえた。やがてひとり、またひとりと航人さんの前に短冊を置き、ずらりと句がならんだ。

「一気に出ましたね。うーん、どうしましょうかねえ」

航人さんがうれしそうに短冊をながめる。

「『青い目の猫が寝そべる窓辺にて』。この窓辺から遠くの虹を見ている感じですね。虹が遠景で縦に延びて、猫は近景で横に延びている。対称がくっきりしていていいですね。『歩き出す自分自身になるために』。これはいい句ですね。『自分自身になるため』という言葉がいい。でも、発句が自の句なんですよね」

この句も自の句である。

「あ、そうか、うっかりしてました」

蛍さんが残念そうに言った。

「あと、表六句では述懐《じゅっかい》は避けることになってるんですよ」

「述懐？」

「自分の思いや考え、過去の思い出などを述べることですね。恋や死、宗教、病気のような派手なものは表には出せない、ってお話ししましたよね。述懐もそのひとつなんです。表六句はとにかくおもしろいものは避けなくちゃいけない。発句だけは別ですよ、発句はなにが出てきてもいい」

「そうなんですね。うーん、連句、やっぱりむずかしい。でも、おもしろいなあ」

蛍さんが悔しそうに笑った。

『釜の中パンゆっくりとふくらんで』。これもいいですよ。遠くで虹が立っているとき、釜の中ではパンがゆっくりふくらんでいる。関係ないようで、どこか通じている感じがいいですね。それから『級友と毎日のぼる坂道に』。通い慣れた坂道で虹を見たということですね。『長調のピアノの音が晴れやかに』も音を出してきたところがいいですよね」

「ほんと。どれもいいわぁ」

桂子さんがうなずく。

「『ふくらんで』も『て止め』の一種なんでしょうけど、この形だとかぶりがあまり気にならないですね」

萌さんが言った。

「どの句も良くて捨てがたいですが、ここはパンの句にしましょう。この句がいちばん発句の雰囲気と離れている気がします。これはどなたですか?」

「はい、わたしです」

蒼子さんが手をあげた。

四句目は桂子さんの「トルコ模様のうつくしき皿」、五句目は鈴代さんの「陶工の黒き瞳に月宿る」、六句目は直也さんの「蜻蛉《とんぼ》追いかけ兄と走った」が付き、表六句が終わった。

はじめての線を一本引いて夏　一葉
　まぶしき空に立ち上がる虹　陽一
釜の中パンゆっくりとふくらんで　蒼子
　トルコ模様のうつくしき皿　桂子
陶工の黒き瞳に月宿る　鈴代
　蜻蛉追いかけ兄と走った　直也

5

裏にはいり、あを梅を出す。

「せっかくお祝いの発句を作ってもらったのに、自分の句が全然で……」

蛍さんが困ったような顔になる。

「まあ、裏にはいってからじゃない？　恋の座もあるしね」

蒼子さんが微笑む。

「そうですね。裏でがんばります」

蛍さんが元気よく言った。

「でも、ほんと、蛍さんが就職なんて、びっくりしちゃう。久子さんに連れられて最初に来たときはまだ大学一年生だったのに、早いわよねぇ」

桂子さんがふぉふぉふぉふぉっと笑う。

「ところで蛍さん、内定が出たのは文具メーカーだって聞きましたが」

直也さんが訊いた。

「そうなんです。もともとは出版社を考えていたんですが、文具も好きだったんです。筆記用具とかノートとか、自分自身がデジタルより紙の方が好きなのもあって。いまでもスケジュールはスマホより手帳派ですし。万年筆やつけペン、ガラスペンなんかに凝ったり……。ただ自分にとって、それは趣味の領域だったんです」

蛍さんが答える。

「でも、就職課の情報のなかにわたしがいちばん好きな文具メーカーのものを見つけて、裏側を見られるチャンスだと思ってエントリーしてみたんですよ。出版社の方は書類や筆記試験で落ちたり、面接まで行っても途中で落ちたりで」

「大手の出版社は狭き門ですもんね。小さいところは新卒は滅多に取らないし」

蒼子さんが言った。

「自分は絶対に出版社に行くって決めこんでいたので、すごく落ちこみました。でも、いっしょに受けていた文具メーカーの筆記試験が通って、面接に行くことになって。正直、どうしようか迷ったんです。ちょっとのぞいてみようくらいの気持ちでエントリーしたんですけど、そのころはもうそんな元気がなくて」

蛍さんが苦笑した。

「そんなとき、翼さんっていう、きりん座のメンバーの方と偶然会ったんです。久子先生がかかわっている短歌関係のイベントにいらしていて。終わったあといっしょにお茶を飲むことになって、就活で悩んでるって話をしたんです。それで、翼さんの話を聞いて……」

蛍さんによると、翼さんももともとは出版社への就職を目指していたらしい。だがうまくいかず、紙の商社に就職した。本や雑誌に使っている特殊紙を扱う会社だ。少しでも本にかかわる仕事をしたい、という気持ちでその会社を選んだらしい。

「でも、それがよかった、って。子どものころから本の装丁に興味があって、そちらにかかわる部署に配属されて、凝った装丁の本の仕事に携わることができたそうで。自分がいちばん好きなのは、『もの』としての本作りだって気づいたそうです。出版社に就職しても、営業や広告や版権関係の部署だったら本作りにはかかわれないですし」

「そうね、編集部だったとしても、文庫や新書だとあまり装丁に凝ることはできないし、雑誌はまた全然ちがうし。それに、最近では出版社も紙の本や雑誌ばかりじゃなくて、ウェブや電子書籍に力を入れはじめてるでしょう？」

蒼子さんが言った。

「はい。翼さんの話を聞いていて、はっとしたんです。それで、自分がほんとうにやりたかったことってなんだろう、って考え直しました」

「ほんとうにやりたかったこと？」

鈴代さんが訊いた。

「翼さん、近々自分の歌集をまとめることを考えているみたいなんです。きりん座のメンバーには編集者やデザイナーもいますし、仕事で得た紙の知識を活かして、出版社は通さず、私家版にするつもりだって」

「句集や歌集は私家版も多いわよねぇ。わたしは自分で作るなんてできないから、歌集・句集専門の出版社にお願いしたけど。出版社から出すといっても、製作費はほとんど自分持ち。けっこうなお値段よ。そのために何年も貯金したもの」

桂子さんが言った。桂子さんの句集はわたしも見たことがある。表紙は布張り、分厚い板紙の函《はこ》にはいった立派なものだった。

「わたしの歌集も出版社に頼みました。新人用のシリーズでソフトカバーの簡易な製本でしたから、製作費はそれほどではなかったですが。でも、本作りにこだわりたい人には物足りないでしょうね」

悟さんがうなずく。

「まあ、いまは簡単にネットショップを開設できる時代ですからね。少部数なら個人で販売できますよね。宣伝もＳＮＳを活用すればいいですし」

直也さんも言った。

「翼さんも出版社で出すことを考えたみたいなんですが、自分が作りたい形にできないみたいで。それならもうお金がかかっても自分で作ろう、って考えたそうなんです。自分の分身みたいな作品集だから、って」

「自分の分身かぁ。素敵だねぇ」

鈴代さんが言った。

「すごいな、って思いました。自分の美学を貫くところが……。それで、自分はどうなんだろう、って考えちゃったんです。本が好きだから、本作りにかかわれる出版社に就職したい。そう安直に考えてたんですが、わたしがほんとにしたいのは、自分の本を作ることだったたんじゃないか、って」

「自分の本……って、もしかして小説？」

萌さんが前のめりになる。

「まだ小説かはわからないです。とにかく、自分がしたいのは、あくまで自分の作品を書くこと。出版社にはいって編集部に配属されたとしても、そこでするのは他人の本を作ること。それに、『売れる本』を作らなくちゃいけない。それって自分がほんとにしたいことなのかな、って」

「うーん、それはかなり本質的な問題ですね。本っていうのは作者にとっては魂のようなものだけど、出版社にとっては商材でもあるわけですから。自分の『好き』だけでは成立しない。それはどんな分野でもそうかもしれないですけど」

陽一さんが腕組みをする。

「そうなんです。人の本を作ったり売ったりする仕事は自分には向いてないのかもしれない、という気がしてきて。会社で商品を作るなら、文具の方がいいんじゃないか、って。文具だったら買い手の目線で、こんなものがあったらいい、とか、これがあったら喜ばれそう、とか、アイディアも出てくるんです。仕事ってそういうことなのかもしれない、って」

蛍さんの話を聞きながら、そうかもしれない、と思う。ポップの仕事でも、自分のポップで商品が売れるのを見ると、純粋にうれしかった。

「それに、わたしにとっては自分の本を出したいっていう気持ちがとても大切で。人の本を作るようになったら、その気持ちがブレてしまうような気がしたんです。これを出して売れるのか、っていう目で自分の作品を見るようになって、書きたいことが変わったり、なくなってしまったりするんじゃないか、って」

「わたしはふだんは全然ちがう仕事をしてますけど、そこでいろんな人と出会うんですよね。そこで感じたことが短歌を書くうえで役立っているところもあります。人の短歌を読むのは大事なことですが、それが仕事になったらちょっとちがうことになってしまう気がしますし」

悟さんが言った。

「そういうわけで、まだこれから出版社の募集が出てくる可能性もあるんですけど、この会社に決めました。そこで得た知識を糧にして、執筆を続けたいんです」

蛍さんが晴れ晴れとした顔になる。

「さっきの句のように『自分自身になるために』ですね」

航人さんが言うと、蛍さんは一瞬驚いたような顔になり、深くうなずいた。

「人にはあるべき姿があるんでしょうが、自分でそれがわかるとはかぎらないんですよね。自分で思いこんでいるものは、意外と受け売りだったりする。自分で歩いて、なにかとぶつかって、ようやく見えてくる」

　歩き出す自分自身になるために

「あの句、どこかに入れたいですね。表はダメですが、裏なら大丈夫。恋も、死も、宗教も、争いや述懐も。裏にはいったら思い切り出していい。そこも連句のおもしろいところです」

航人さんが微笑む。ずっと表のままじゃダメなんだ。やっぱり連句は奥深い。

歩き出さないと見えない。遠くの安全な場所からながめるんじゃなくて、自分の足で歩いて、手で触ってみないとわからないことがある。それで痛い思いをしたとしても。それが生きていくということなんだ、と思った。

「いま」と「いつか」と

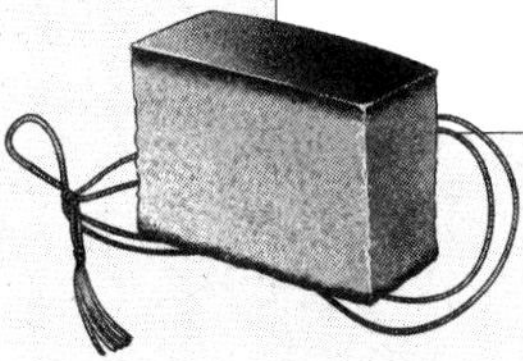

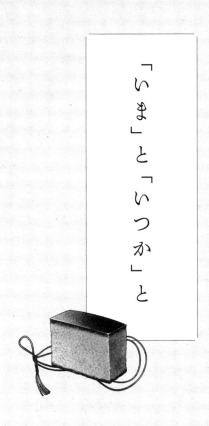

1

七月にはいり、「あずきブックス」のカフェスペースの本棚での同人誌フェアがはじまった。結局、泰子さんがセレクトした同人誌はすべて扱うことができ、わたしが選んだ「駅の記憶」も置くことになった。もちろん「きりん座」も置かれている。

それぞれの団体SNSで告知してくれたおかげで、フェア目当てのお客さんも訪れてくるようになった。混み合うというほどではないが、毎日ぽつりぽつりとやってきて、棚にある雑誌をながめ、数冊選んで買っていく。

カフェを貸し切ってイベントをしたい、という団体もあった。これまではあずきブックスが企画したイベントしかなかったが、場所を貸すという方向もあるね、と泰子さんは言っていた。

「あれ、もしかして、豊田《とよだ》さん？」

金曜日の午後、書店のレジに立っていると、お客さんから声をかけられた。見覚えのある女性だが、だれだかすぐに思い出せなかった。

「あ、吉沢《よしざわ》先輩」

一瞬後、思わず声をあげた。大学時代のゼミの先輩だ。一年上で、学年一優秀な人だった。卒論もダントツの成績で、学部卒業後は他大学の修士課程に進んだ。

「豊田さん、ここで働いてたんだ」

吉沢先輩の方も驚いたような顔をしている。

「はい。チェーンの書店に就職したんですが、閉店になってしまって……」

「そうか、いまは書店はどこも厳しいもんね」

「吉沢先輩は？　いまはどうしてるんですか？」

「他大の院に進んで、そこの大学博士課程まで行って……。いまはいくつかの大学の非常勤講師をしてる」

「いくつかの？」

「ひとつの大学だけじゃ生活できないからね。今年は三校かけもちしてて、そのうちひとつは群馬県、もうひとつは山梨県。どっちも片道二時間かかる。朝七時の高速バスに乗らなくちゃいけなくて。山梨県の方はわたし以外はたいてい観光客とか遊園地に行く人で、地味に辛かったり……」

先輩は苦笑いした。残り一校がわたしたちの母校。都心にあるので、その日だけは少し遅くまで寝ていられるのだそうだ。

「今日は大学の講義がない日で。上野の博物館の帰りなんだ。ここの同人誌フェアに教え子が参加してる雑誌が出てるって聞いて……」

「同人誌フェア、やってますよ。なんていう雑誌ですか」

「『みずうみ』」

「短歌系の同人誌ですね。評判のいい雑誌ですよ。文芸マーケットでも人だかりができてました」

「行ったの？」

先輩が目を丸くする。

「はい。半分仕事ですが……」

「ああ、フェアのためってことか。その学生、わたしたちのゼミの後輩で、わたしの授業も履修してて。文芸マーケットに出る、って言われたんだけど、その日は予定があって行けなくてね」

「一日だけのイベントですからね」

「しばらくして、七月にこのお店でフェアをすることとなった、って聞いて。上野にはよく行くし、同人誌フェアっていうのにもちょっと興味があったし。お店で買うね、って話していたら、栗原《くりはら》先生に『わたしの分も買ってきて』って頼まれて」

栗原先生というのは、わたしたちのゼミの指導教諭だ。女性で、わたしがゼミにいたころ五十代前半だったから、いまは六十代だろうか。

「栗原先生はお元気なんですか」

「元気、元気。全然変わらないよ。本人は、もう年なんだからもっと労《いたわ》って、って言ってるけど」

先輩が笑った。

「そうですか。大学にもまたうかがいたいです」

「えー、ぜひ！　わたしは木曜に授業に行っているんだ。その日は栗原先生もゼミがあるし。前もって連絡してくれたら、入構の手続きをしとくよ」

「ありがとうございます。ええと、同人誌フェアは書店スペースじゃなくて、となりのカフェスペースでやってるんです」

わたしはカフェの方を指して言った。

「へえ、あっちはカフェなんだ」

先輩がカフェの方を見て答える。

「はいってすぐのところの棚です。お茶を飲まなくてもはいれます。同人誌の会計は、カフェでもいいですし、こちらでも大丈夫ですよ」

「ありがとう。じゃあ、見てみるね」

吉沢先輩はそう言って、カフェスペースに歩いていった。

その後ほかのお客さまの会計をしたり、本棚の整理をしたりするうちに、三十分近く時間が経っていた。吉沢先輩は戻ってこない。カフェで会計して帰ったのかな、と思ってのぞくと、まだ本棚の前で雑誌を見ている。

吉沢先輩、母校で教えているのか。ゼミや校舎のことを思い出し、なつかしい気持ちになる。いまでも栗原先生とよく顔を合わせてるみたいだったな。もうすぐ休憩時間だし、お茶に誘ってくわしく話を聞いてみよう、と思った。


しばらくして、吉沢先輩がレジにやってきた。本を重ねて持っている。十冊以上はあるように見えた。「みずうみ」の最新号と、その前の号が二冊ずつ。栗原先生の分もはいっているのだろう。それから短歌系や小説アンソロジー系が数冊。なかに「きりん座」の最新号が二冊はいっていてぎょっとした。わたしのエッセイが載っている号である。

「なんで黙ってたの？　これ、豊田さんでしょ？」

先輩は表紙に記されたわたしの名前を指す。

「はい……。そうなんです。縁があってエッセイを書かせていただくことになりまして……」

もごもごと答えた。

「これも栗原先生にお渡ししないと、と思って。いろいろ活動してるんだね」

「そうなんです。そちらもその……。いろいろご縁があって……」

どこから話せばいいかわからなくなり、また口ごもった。

「最近の同人誌は質が高いわね。まあ、ここに集まっているのが粒ぞろいってことなのかもしれないけど。思わず引きこまれちゃった」

先輩が笑う。

「あの、先輩。このあと、お時間空いてますか？」

思い切って訊いた。

「ええ。ここのカフェでお茶でも飲んで帰ろうかと」

「そしたら、いっしょにどうですか。わたしもこのあと休憩時間なんです」

「ほんと？　じゃあ、カフェで待ってるね」

会計を済ませると、先輩は本をかかえてカフェに行った。バックヤードにいる泰子さんに事情を話すと、それなら少し早めに休憩にはいっていいよ、と言われた。

2

エプロンを外し、カフェに行く。レジでお茶を頼んで、吉沢先輩のいる席に向かった。先輩はお茶を飲みながら、買った雑誌を早速めくっていた。

「あ、早かったね」

先輩が顔をあげて笑った。

「この同人誌コーナー、すごくいいね。落ちついて見られるし、セレクトもいい。前に文芸マーケットに行ったこともあるんだけど、広すぎてね。知り合いのブースをまわるだけで精一杯で」

「そうですよね。わたしもこの前はじめて行ったんですが、あんなに大きなイベントだなんて知りませんでした」

「豊田さんのエッセイも読んだよ。なかなかいいじゃない？　ゼミのころから文才あるなあ、って思ってたけど」

「え、そんなことは……」

「栗原先生も言ってたよ。豊田さんはおとなしいけど、文章がすごくいい、って」

先生からはそんなことを言われたことがなかったので、ちょっと驚いた。

「豊田さん、連句もやってるんだね」

「はい。実は以前同居していた父方の祖母が連句会に通っていまして……」

真紘さんが持ってきてくれたお茶を飲みながら、これまでの経緯を話した。

「へえ、いろいろあったんだね。わたしの方は非常勤をつないでなんとかやってる、って感じ。正規のポストにつきたくて、まだ正式に決まったわけじゃないけど、来年は地方に行くことになりそう」

「そうなんですか？」

「東北だよ。旅行で行ったことがあるくらいで、もちろん住んだことなんてない。向こうに知り合いがいるわけでもない。でも、常勤になれるチャンスなんてそうそうないから」

先輩は少し不安そうに笑った。

「わたしの同期もいろいろあったみたいだよ。会社辞めて起業したり、海外勤務になったり。結婚して子どもがいる人もいるよ。平凡なことに見えるけど、子どもを産んで育てるって、本人からしたら激動の連続だよね」

「そうですね。出産も命がけですし、生まれてしばらくは二十四時間勤務だって」

いつだったか怜さんがそう言っていたのを思い出した。

「そういえば、今井くんのところも最近子どもが生まれたんだって」

「え？」

今井先輩に子どもが……？　お腹の下の方が、しんと冷えた。

「あ、もしかしたら結婚したことも伝わってなかったかな」

「え、ええ、全然知りませんでした」

しどろもどろになりながら、ようやくそう答えた。ほんとは頭が真っ白だった。

「そうか。同期にもあんまり伝わってなかったもんね。わたしは栗原先生から聞いたんだ。今井くんちの事情もちょっと聞いてたから、ああ、よかったなあ、って……」

「事情？」

「うん。いまはもう言ってもいいと思うけど、今井くん、高校を卒業する直前に両親とお姉さんを事故で亡くしていたらしいんだよね」

「えっ」

まったく知らない話だった。事故でご家族を……？

「大学はもう決まってたし、お祖父さんの勧めで進学して。今井くんは新潟の出身なんだって。最初はこっちに住んでる叔父さんの家に同居してそこから通ってたんだけど、家族が亡くなったショックで心を閉ざしてしまっていたみたいで」

「全然知りませんでした」

「わたしたちもだよ。一年のときから栗原先生が担当教諭だったんだよね。講義は聞けるし、レポートも書ける。ただ、人とのコミュニケーションができなくなってて。まわりからあれこれ言われるのも良くないかもってことで、ほかの学生には伝えなかったみたい」

わかってなかった、なにも。気になっていたけど、自分勝手な像を作りあげていただけで、ほんとうの今井先輩のこと、なにもわかっていなかった。衝撃でなにも言えなかった。

「卒業後は新潟に戻って、公務員になったんだよね。職場で小学校時代のクラスメイトと再会して、結婚したんだって。栗原先生は、郷里に戻ったのがよかったのかもしれないね、って」

「それでお子さんも……」

「うん。栗原先生のところには写真も送られてきたみたいだよ。赤ちゃんは可愛いし、今井くんも横で笑ってた、って。栗原先生、今井くんの笑顔を見たのははじめてで、見たとたんに涙が出た、って言ってた」

栗原先生の表情が目に浮かぶようだった。

「あのころからなんか事情があるんだろうなあ、とは思ってたんだ。でもなにも聞かなかった。触れるのが怖かったんだよね、みんな」

吉沢先輩は遠くを見た。わたしと同じだ、と思い、胸が痛くなった。

「栗原先生にそう言ったら、それは仕方がないよ、って。先生はずっと今井くんを見てきたんだよね。授業に出ない日が続けば連絡したり、それでもなかなか心を開くというところまではいかなくて。でも先生はへこたれなかった。気をつかいすぎたらダメだ、わたしはおせっかいなおばさんくらいの接し方でもいい、伝えるべきことはちゃんと伝えようと思って、って」

「伝えるべきこと?」

「君を心配してる人はいるんだよ、ってこと。大事なものを失っても、君の外にはちゃんと世界が続いていて、君にはそこで生きる権利がある。大事なものの代わりになるものはないけれど、別の大事なものと出合えるかもしれない。どう生きるかは自分で決めることだ、って」

栗原先生のきらきらした目と張りのある声を思い出す。厳しいときもあったけれど、いつも先生の言葉に励まされていた。

「栗原先生、そんなこと言ったって、わたしの両親はふたりとも天寿を全うしたと言える年まで生きたし、きょうだいを早く亡くしたわけでもない。今井くんの気持ちをわかるかって訊かれたら、そんなのわかるわけない。でも、わからないからなにも言わない、ってわけにはいかないでしょ、って。君のことを理解することはできない、でもいっしょにいるよ、困ったときは助けるよ。何度も何度もそう言うしかないわけ、って」

「栗原先生らしいですね」

吉沢先輩の話は、口調まで栗原先生そっくりだった。

「人に教える立場になるなら自分もそうならないといけないんだとも思うけど、むずかしいよね。匙加減をまちがえればハラスメントになっちゃう。でもみんなが自分のまわりに身を守る柵を作っていたら、ただ孤独になっていくだけ」

先輩が遠くを見る。

「そうですね」

わたしもゆっくりうなずいた。


休憩時間が終わり、先輩は「また来るね」と言って帰っていった。その後はレジと棚の整理で忙しく、先輩と話したことを思い出す暇もなかったが、仕事を終え、家に帰る途中であれこれ思いをめぐらせた。

そして、わたしはやっぱり、今井先輩のことが好きだったんだな、と思った。好き、というか、憧れていた。なにも知らなかったのに。だからそれは今井先輩ではない虚像とも言えるけど、家族を失った悲しみを抱えているところに惹かれていたのかもしれないとも思う。

失う悲しみというのは、大切にする気持ちの裏返しだ。なにかを失った人からは、なにかを大切にする気持ちがにじみ出ている。だからとてもうつくしく見える。

だけど、わたしはその姿を遠くからながめているだけで、近寄って抱きしめようとはしなかった。傷つくことも、傷つけることも怖かった。

だから、好きだったけれど、「愛」とは呼べない。

ふう、と息をつき、空を見あげる。今井先輩、いまはしあわせなんだな。少し苦い気持ちがこみあげてきて、でも、よかった、と思った。

3

日曜日、大輔さんがあずきブックスにやってきた。父と打ち合わせをするためだ。

少し前に父も店にやってきて、カフェで待っていた。わたしは仕事があるので、大輔さんを連れてカフェに行き、父に引き合わせるとすぐに書店スペースに戻った。

仕事の合間にちらちらとカフェを見たが、父はむかしのアルバムを見せながら、なんだかうれしそうに話している。夕やけだんだんの写真コンクールを最後に写真はやめたのだと言っていたけれど、若いころは熱中していたわけで、やはり話せる相手がいるとうれしいのだろう。

小一時間話したあたりで父と大輔さんが書店スペースにやってきた。

「終わったよ。用事があるからこれで失礼するけど、なかなか楽しかった」

父が腕時計を見る。そういえば、夜は仕事でお世話になった人がかかわっているなにかの会合に出席するとか言ってたな。

「写真の件は？」

「おもしろそうな話だったからね。まあ、いろいろ注文もつけたけど、なんでも好きに使ってくれ、って」

父が笑って大輔さんを見る。

「一葉さんのおかげです。ありがとうございます」

「くわしい話は本人から聞いてくれ。じゃあ」

父は手を振って店を出て行った。

「あわただしくなっちゃってごめんなさい」

「いえ、こちらこそお忙しいときに申し訳なかったです。でも、おかげでしっかり打ち合わせできました。雑誌のことをいろいろ考えてくださったみたいで、こちらも参考になりました」

大輔さんが言う。父が、雑誌のことを……？

あの父がいったいなにをどう考えたというのだろう？　建築関係の仕事で、本をそんなに読むわけでもないのに……。

「それで、一葉さん、いくつか相談したいことがあるんですが」

「ええ、わたしももうすぐ休憩なので、またカフェでもいいでしょうか」

逆戻りになって申し訳ないと思いつつ、そう訊いた。

「はい。ここのお茶はおいしいですからね」

大輔さんが笑った。やりかけの仕事をとりあえず片づけ、カフェへ。カウンターで煎茶を買って、大輔さんの席の向かいに座った。

「父はなんて？　いろいろ注文をつけたとか言ってましたけど」

早速そう訊いた。

「実は、今回雑誌を作るにあたって、僕もフィルムカメラに挑戦してみようかな、と思ってたんです。以前から興味がありましたし」

「でも、現像に手間がかかるんじゃないですか」

「ええ。現像は業者に出して、撮影だけでも、と思ったんです。でも、それはやめた方がいいんじゃないか、って」

「なぜですか？　現像を体験しないと意味がない、とか……？」

「いえ、そうではなくて、二枚ならべるなら時代によるちがいがあった方がいいんじゃないか、ということです。撮影方法も現代のものを使った方が対比が出ておもしろいから、と」

「ああ、なるほど」

写真のことはよくわからないが、たしかにそうかもしれない、と思った。

「それから、現像の話をいろいろ聞いて……」

父は、フィルムや印画紙の現像は、デジタルのそれとは仕組みがまったくちがうものだと言っていたらしい。フィルムや印画紙の像は、表面の薬剤の粒子が光に反応してできるものなので、画像を構成する点は大きさが粒子レベルでランダム。それに対してデジタルはどんなに細かくなっても、基本的には規則的な点の集合。だから像のきめ細かさは本来フィルムの方が上。

「その話を聞いて、ますますフィルムカメラに挑戦してみたくなったんですけど、技術を習得するのに時間もかかるし、そんなことしてたら雑誌がいつ出せるかわからない。それに結局印刷するなら、印刷のときに網点《あみてん》に分解されるんだから、どっちでも同じだと言われて」

印刷物では、像の濃淡は網状の点で表現される。点が小さく密度が低ければ薄くなり、点が大きく密度が高ければ濃くなる。リーフレットを作る作業をするうちに学んだことだった。

カラーの場合はシアン、マゼンタ、イエロー、ブラックという四色の点で色を表現する。オレンジに見えてもそこにオレンジという色があるわけではなく、拡大するとマゼンタとイエローの点が組み合わさっているのだ。

「お父さんのフィルムカメラや現像に関するお話がおもしろくて。それで、雑誌を作るときに、説明の文章を書いてもらうことにしたんです」

「えっ、父が書くんですか？」

驚いて聞いた。

「はい。僕が調べて書くより、その方が正確なんじゃないかと思いますし」

「でも、父は文章なんて……」

「前に広報部で広報誌を作っていたことがある、と聞きました。そのときはライターに書いてもらったものをチェックする側の立場だったけど、これなら自分でも書けると思ったとか……。それに、文章については一葉さんに教わるから大丈夫だと」

「えええっ」

なんで勝手に決めてるの？　まあ、でも、広報誌を作る部署にいたという話は聞いたことがあるし、技術的な話だから本人の方が正確に書けるのかもしれない。

「それと、雑誌の内容についてもいろいろアドバイスをしてくれて」

「父が、ですか？」

意外な言葉にぽかんとする。わたしが考えていたよりずっと、父は今回の件に乗り気みたいだ。

「素人って言ったら失礼だけど、ふつうの人から見たら名前を知らない人の作るものだから、あまり盛り沢山で分厚い雑誌だととっつきにくい。薄めにした方がいい。写真もなんでもかんでも入れるんじゃなくて、たとえば地域ごとの特集とか、内容を絞った方がいいんじゃないか、と」

なかなか的を射た発言である。

「それで、一冊目は谷中・根津を取りあげようってことになったんです。坂も多いですし、お父さんの写真もたくさんある。それに、このあたりなら自分が案内できるから、って」

「案内？　父がそんなことを？」

どこまでやる気なんだ……。意外で驚いたが、まあ、よかったというべきなのか。

「雑誌も『いつか』とか言っていると、いつまでも完成できない。だから、目標を設定した方がいいとも言われました。たしかにその通りだと思って、次回の文芸マーケットに申しこんでみることにしました。いまならまだ抽選にならずに申しこめるので」

大輔さんによると、先行予約枠がいっぱいになると、その後は抽選になるらしい。

「つまり十一月ってことですか？　雑誌ってそんなにすぐにできるんですか？」

父が出てきたことでなんだか大ごとになってしまった気がする。

「いえ、僕もずっと先延ばしにしてきましたから、いい機会だと思ったんです。十月中に入稿すればなんとかなりますし、まだ三ヶ月あります。とにかくぼんやり考えているだけだとなにも進まないので」

「たしかに、そうですね」

「それで……。一葉さんにも少し手伝ってもらえたら、と思って」

大輔さんが少し口ごもりながら言った。

「わたしに？」

「以前にも話しましたけど、一葉さんの文章やイラストが好きですし」

「あ、ありがとうございます。わかりました。できることはやります」

そういえば、前にもそんな話が出ていたっけ。今回は父が話を進めてしまったところもあるし、協力せざるを得ない。

「でも、『きりん座』の編集の方は大丈夫なんですか？　同じ時期に雑誌を出すんですよね」

「そちらは翼さんと茜さんが進めてくれるので、僕はほとんどすることがないんです。いつもまかせきりで申し訳ないんですけど、ふたりがあまりにもできるので、口を挟む隙もなく……」

大輔さんが笑った。

「たしかに翼さんも茜さんもすごいですよね。そういえば、蛍さんが就職のことで翼さんに相談にのってもらった、って言ってました」

「ええ、聞きました。またきりん座の会に蛍さんと来てくれたらうれしいです。昨日は夏の定例会があって」

「ああ、そうでしたね」

声をかけてもらっていたが、仕事の都合もあって参加をあきらめたのだ。

「征斗も未加理さんも一葉さんや蛍さんに会ってみたいと言ってました」

「そうなんですね。どんな方なんですか」

雑誌で名前だけは目にしていたが、たしか大会のときも欠席で、まだ一度も会ったことがない。

「ふたりとも僕のひとつ下の大学の後輩です。写真部じゃなくて、ゼミのね。征斗は食品関係の商社勤務で、未加理さんは大学の事務の仕事で……」

「短歌も作られてるんですか？」

「いや、ふたりとも連句だけ。未加理さんがエッセイを書くくらいで。あ、でも、未加理さんは久輝先輩の影響で短歌をはじめたみたいなことを言ってたような……。未加理さんは久輝先輩と付き合ってるんですよ」

「え？」

付き合ってる……？　思わず身体が固まった。

「久輝先輩は繊細だから、男の僕から見ても付き合うのはたいへんそうですけどね。茜さんも翼さんも七実さんも、よく未加理さんのことを心配してて」

大輔さんが苦笑いする。

そうなのか。わたしが好きだったのは今井先輩で、久輝さんはただ今井先輩に似ているから気になっていただけ。連句のとき、鋭い句を作るなあ、素敵だなあ、と思ってはいたけれど。

でも、心のどこかで気になっていたのかもしれない。また、はじまってもいないうちに終わってしまった。あたるも砕けるもないままに。

「たしかに句を見ても繊細な印象はありますね」

気を取り直し、なんとかそう答える。

「短歌もそうなんですよ。すごく鋭くて、脆《もろ》い。茜さんや翼さんは、先輩には天才的なところがある、ってよく言ってます。面倒な性格だと思うけど、才能に惹かれる気持ちはわかるって。七実さんは現実的だから、いくら天才でも気分が不安定な人はダメ、って全否定だけど」

「文芸マーケットのときも、遅刻してきた久輝さんにきびしかったですよね」

「茜さんや翼さんは久輝先輩にあまり実務をまわさないんです。締切守らなくて、何度も痛い目にあってるから。でも、七実さんはそうやって特別扱いすることを許さない。正面からびしびし言ってて。久輝先輩はのらりくらりで全然言うことを聞かないんだけど、七実さんの方もまったく譲らなくて」

大輔さんはそう言って笑った。

「まあ、結局、才能っていうのは世界とのズレだから。孤独と同じなんですよね」

その言葉にはっとして、大輔さんの顔を見た。

「孤独と同じ……？」

「世界がほかの人とはちがって見える。人と共有できないものを抱えてるってことです。けど、共有したいと思っているから言葉にする。だれかと結びつきたいと願う。だからこそ才能のある人の言葉は切実で、ほかの人を惹きつける」

「そうですね」

知らずしらずうなずいていた。この人は安定しているように見えるけど、鋭いんだな。いや、むしろ、人を見極める力があるから落ち着いているのかもしれない、と思った。

4

ひとつばたごの連句会の日が近づいてきた。

七月のお菓子は、祖母の定番では「麻布昇月堂《あざぶしょうげつどう》」の「一枚流し麻布あんみつ羊かん」。去年鈴代さんが見つけた両国の「越後屋若狭《えちごやわかさ》」の水ようかんも好評だった。

だが今回は柚子さんがいらっしゃるそうで、餡子ものは避けよう、どうしたものか、と思っていたところ、柚子さんから、お菓子のことでいつもご迷惑をおかけしているので、今回はわたしが持っていきます、というメールが来た。

むかしから大好きだった「文明堂《ぶんめいどう》」のカステラだと書かれている。蒼子さんとも相談して、今回は柚子さんにお菓子をお願いすることにした。

連句会当日になった。今日の会場は西馬込《にしまごめ》のライフコミュニティ西馬込である。都営浅草線の駅を出ると、国道の向こうに虹の描かれた建物が見えた。横断歩道を渡る信号を待っているとき、うしろから声をかけられ、ふりかえると蛍さんと海月さんがいた。

「あれ、海月さん」

ちょっと驚いた。海月さんは高三で、今年は大学受験。受験勉強があるから連句会にはしばらく来られない、と言っていたような……。

「受験勉強が忙しいんじゃなかったの？」

「いやあ、まあ、そこは……」

海月さんがははは、っと笑う。

「姉に聞いたら、今日のお菓子はカステラだっていう話じゃないですか。これは行くしかない、と思いまして」

「まったく海月は……。受験勉強もなにも、高三になってからもほかのことばっかりやってるんですよ。いまは文化祭で発表する映画を作ってて……」

「え、映画？　自分たちで映画を作ってるってこと？」

「そうですよ。自分たちでシナリオ書いて、演じて、撮影して……」

「そんなこと、できるんだ」

「できますよ。わたしたちはデジタルネイティブですから」

海月さんが胸を張ってそう言ったとき、信号が変わった。

「何人で作ってるの？」

横断歩道を渡りながらそう訊いた。

「えーと、おもに五人ですね。出演だけしてくれる子や手伝ってくれる子まで含めると……。八人くらいかな」

海月さんが指を折りながら答えた。

「そうなんだ。それで、海月さんはなにやってるの？」

「わたしですか？　わたしはですね、シナリオを書いて、いちおう主演です」

「主演？」

「撮影はカメラ好きの子たちにまかせて。あと、趣味でミュージックビデオを作ってる子がいるんで、音響や編集はその子がおもに……。文化祭実行委員との交渉とかの実務担当もいますよ」

「すごいね」

「でも、五人のうち三人は、もう推薦で大学も決まってるらしくて」

蛍さんが横から言った。

「え、もう？　まだ七月なのに？」

「系列の大学があるんですよ。そこの推薦は一学期のうちに決まるので。あとのひとりも別の学校の推薦みたいで。海月がいちばん受験が大変なはずなのに、まとめ役までやってて……。まったくなにを考えてるんだか」

蛍さんがあきれたように言った。

「いやいや、わたしだってちゃんと考えてますよ。シナリオの執筆は春のうちにすませましたし、撮影も一学期のあいだに終わらせたんです。わたしの仕事はそこまでで。編集やら教室の手配やらは、推薦が決まった子たちがやってくれることになってますから。わたしは夏期講習に励みます。だいたい、これまでだってちゃんと塾には行ってましたし」

海月さんは不本意そうな表情で蛍さんをちらっと見る。蛍さんは、そういう問題じゃないんだって、と真顔で答えた。

建物にはいって階段をのぼり、連句会の会場の会議室にはいる。すでに鈴代さんや陽一さんが会場やお茶の準備をはじめていた。いったん話は中断し、わたしたちも準備を手伝う。海月さんはカステラが気になるらしく、柚子さんの到着を待ってそわそわしてしていた。

お茶や短冊の準備が整ったころ、柚子さんが到着。海月さんはさっそくカステラの袋の中身を拝みにいった。

「おお、立派な包みですね」

袋をのぞいた海月さんが声をあげる。

「今日はですね、ふだん食べているものより立派なものにしたんです。『特撰《とくせん》五三《ごさん》カステラ』ですよ」

「特撰！　すごそう」

柚子さんの説明を聞いて、海月さんが小躍りする。

「お菓子は裏にはいってからですね。まずは連句をはじめましょうか」

航人さんがにこにこ笑いながら言うと、海月さんは名残惜しそうに袋を見てから、蛍さんのとなりに座った。


夏の発句からはじまり、夏の脇、雑の第三、四句目と続き、月の座へ。六句目も秋で無事に表六句が終わり、おやつタイムがやってきた。海月さんは、久しぶりだからいろいろ忘れちゃってるなあ、と言いながら表六句を早く終わらせるために奮闘し、六句目で選ばれていた。

柚子さんが袋から箱を取り出す。たしかに立派な包みである。定番の文明堂のカステラよりやや太い。金色の包装紙を開き、なかの箱をあける。ムラなくきれいに焼けた生地があらわれ、海月さんが「おおー」と声をあげた。

「おいしそうですねえ」

カステラはすでに十切れに分けられていた。今日は悟さんと萌さんがお休みで、参加者は航人さん、桂子さん、蒼子さん、直也さん、鈴代さん、陽一さん、柚子さん、蛍さん、海月さん、わたしでちょうど十人。鈴代さんとふたりでカステラを紙皿に分け、まわしていった。

「なんというか、気品あふれるカステラですね」

海月さんはしばらくカステラを凝視している。やがて手を合わせて目を閉じ、カステラに向かって「いただきます」と頭を下げて、フォークを手に取った。

「おいしい……」

うっとりそう言うと、さらにカステラをもう一切れしずしずと口に運ぶ。

「よかったねえ」

蛍さんが横からそう言った。

「うん。来た甲斐があった」

海月さんはうなずいて、カステラを食べ続けている。

「そういえば、海月さんは受験で連句はしばらくお休みなんじゃなかったのぉ？」

鈴代さんが訊く。

「あまり勉強ばかりしてると息も詰まってきますし。期末試験も終わって、夏期講習がはじまるのも来週からで。たまには外出して別のことをするのも良いかと」

海月さんがにこにこ答える。

「そっかぁ。そうだよね。あんまり根を詰めてもね」

鈴代さんが笑う。

「根を詰めてるとは言いがたいんですが……」

となりの蛍さんがはあっとため息をついた。

「高三になっても友だちと映画作ったりしてて」

「映画？　映画って、あの映画？」

鈴代さんが目を丸くして訊いた。

「そうです。秋の文化祭で上映したいと思ってて。うちの学校、部活は高二で引退なんですよ。そのあとは受験勉強するって名目で。でも、最後の文化祭じゃないですか。やっぱり青春したいじゃないですか」

海月さんが言った。

「高二の文化祭でやりきったんじゃなかったの？」

蛍さんがあきれ顔になる。

「まあ、そうなんですけどね。まだやりきれてないことがあるな、と思って」

「それが映画作りってこと？」

柚子さんが笑った。

「アニメは高二で燃え尽きたんですけどね。部活も引退になっちゃったし。でも、もうちょっとストーリーのあるものを作りたい、という欲はあって。映画って、ひとりじゃ作れないじゃないですか。アニメは最悪ひとりでもできるけど、映画は演じる人が必要だし。大学でそういう友だちができるかわからないし」

「高校にはいっしょに映画を作れる友だちがいるんだね」

鈴代さんが訊く。

「映像の編集ができる子と、撮影ができる子と、演じるのが好きな子がいて。ＪＫとしてＪＫを演じられるのっていまだけじゃないですか。だから、やるしか！ っ てなって」

「いいんじゃないですか。わたしはそういうの、いいと思いますよ」

柚子さんがにこにこ言った。

「わたしたちのころとはまた状況がちがうと思いますが、三年の夏まできっちり部活をやって、ちゃんと国立に合格してた人もいましたし、ずっと塾通いだったけど浪人した人もいる。受験勉強って適性があると思うんですよね。すべてを注ぎこむっていっても、できる人とできない人がいるっていうか。闇雲に時間を増やしても無駄っていうこともあると思うんです」

「『これから』のために『いま』我慢して勉強するっていう理屈もわかるんですけど、『いま』だって大事じゃないですか。高校生活もあと一年ないわけで。『これから』のために『いま』を我慢するのはおかしいんじゃないか。そうやって我慢に我慢を重ねて、未来のために貯金したってしょうがない気もして」

海月さんの言葉に、鈴代さんと陽一さんが、おおお、と声をあげた。

「その通りかも。貯金しがちだけど、その貯金、いつ使うんだ、ってことだよね」

鈴代さんが笑った。

「僕も『いつか』の休みのためにいま仕事しとこう、って働いてしまうけど、結局早く終わった分、ほかの仕事を入れちゃって、『いつか』なんていっこうに来ない」

陽一さんも笑った。

「我慢に我慢を重ねるって、まだそんなに我慢してない気もするけどなあ」

蛍さんが渋い顔になる。

「だからこれからちゃんと夏期講習に励むって」

海月さんが不満そうに言い、みんな笑った。

「映画はいいですよね。実はわたしも大学時代、映画マニアの友だちにいっしょに映画を作らないか、と誘われたことがあって」

直也さんが言った。

「あの当時自主映画を作るなんて、たいへんだったんじゃないですか」

蒼子さんが訊いた。

「そうなんですよ。それでなにかと人数が必要で、わたしは巻きこまれただけみたいなものなんですが。まず、秋葉原に行って中古の八ミリカメラを探すところからはじまって……」

「八ミリカメラ？」

蛍さんが首をかしげる。

「当時はもうビデオカメラもあったんですけどね。学生にはちょっと高かったし、その友人がどうしてもフィルムで撮りたいと主張して、まず中古の八ミリカメラを探しに行ったんです。家庭用の機械ではありますが、けっこう扱いがむずかしくて。夏休みいっぱいかけて撮影しましたが、なかなか思うように撮れなくて、結局未完成のまま終わってしまった」

直也さんが悔しそうな顔になる。

「その友人は写真も好きでね。下宿の風呂場を暗室にして現像してたんです。部屋に行くといつもほんのり酢酸《さくさん》の匂いがして……」

「なんかそういうのカッコいいですね。昭和レトロって感じで」

海月さんがふむふむとうなずいた。

「そういえば、一葉さんのエッセイもお父さんの写真の話だったわよね」

蒼子さんがわたしを見る。

「はい。父は家には暗室を作らず、大学の部室の暗室で現像してたみたいで……」

「あのエッセイ、おもしろかったです。わたしも姉から借りて読みました。なんというか、一葉さんはそう、年のわりに……深いですよね」

海月さんがうなずきながら言う。

「ふ、深い？」

驚いて訊き返した。

「こう、前に押し出す感じじゃなくて……。ぐいっと引きこむ感じっていうか」

海月さんは言葉に迷いながら、身振り手振りをつけて言った。

「あ、わかるわかる」

鈴代さんがぶんぶんうなずく。

「ちょっと、海月。目上の人に『年のわりに』とか言わない」

蛍さんが小声で言った。

「いや、別に悪い意味じゃなくて……。むしろいい意味だったんですけど」

「いいとか悪いとかじゃなくて、言い方自体が上から目線っていうか」

蛍さんは困ったような顔になった。

「言いたいことはなんとなくわかるわよぉ」

桂子さんが海月さんを見て微笑む。

「一葉さん、落ち着いてるもんねぇ。治子《はるこ》さんのお孫さんってこともあるのかも。お菓子番の素質を受け継いだってこと。おもてなしの心っていうのかしらね」

「おもてなし……」

海月さんがきょとんとした。

「おもてなしって、押しつけじゃダメなのよ。それは自己満足。まわりをよく見て、人の思いを受け取って、それに応じたものを差し出すってこと」

「あああ、なるほど。まず相手をよく見て、相手のことを考えるってことですね」

海月さんがうなずく。相手をよく見る。考える。そんなこと、できているんだろうか。むしろ、ただぼんやりしているうちにいろいろなことが過ぎていってしまっている気がするけど……。

「そういえば一葉さん、あのあと翼さんから聞いたんですけど、きりん座の大輔さんの雑誌作りを手伝うことになったんですよね？　お父さんの写真も提供することになったとか」

蛍さんが言った。

「そうなんです。大輔さんが父の写真を見てみたい、って言って」

大輔さんが坂道の写真を中心にした個人誌を作ろうとしていること、そこに父の古い写真を載せたいと考えていることなどをかいつまんで説明した。

「父の方も直接話を聞きたいって言い出したので、ふたりを引き合わせたんです。そしたら、なんだか話が盛りあがってしまったみたいで。父も久しぶりに写真の話ができて楽しかったんだと思います。いつのまにか写真を載せるだけじゃなくて、父も文章を寄せるってことになっていて」

「うわあ、お父さん、やる気だね」

鈴代さんが驚いたように言う。

「フィルム写真に関する話を書くみたいです。現像のこととか……」

「へえ、それはおもしろそうですね。ちょっと興味があります。友人の下宿で暗室を見たときから、自分もやってみたい、という気持ちがありましたし」

直也さんが言った。

「わかります。現像ってなんかロマンがありますよね。自分も一時期憧れました」

陽一さんも深くうなずく。

「一葉さんはなにか書くんですか？」

柚子さんが訊いてくる。

「エッセイとワンポイントのイラストを何枚か描いてほしい、って言われてます」

「そっかぁ。一葉さんの絵、かわいいもんね」

鈴代さんがそう言った。

「大輔さんって短髪で背の高い人ですよね？　アウトドア系イケメンっぽい」

海月さんが言った。大会のときのことを覚えていたのだろう。アウトドア系イケメンがどんなものかわからないが、背が高くて短髪なのはその通りだ。一宏さんはそこまで背が高くないし、久輝さんは髪が長めだ。もうひとりの男性メンバーの征斗さんは大会の日も休みだったから、まちがいないだろう。

「よさそうな人でしたよね。ふうん、あの人か……」

海月さんは妙に納得したような顔で、ふむふむとうなずいていた。

「さあ、雑談もいいですが、そろそろ句を作りましょう」

痺《しび》れを切らしたのか、航人さんが笑いながらそう言った。


裏にはいって秋一句のあとは恋の座。蛍さん、陽一さんの句が続き、直也さんの「寮の廊下がぎしぎしと鳴り」で恋を抜けた。

直也さんの大学の構内にあった男子寮はおそろしく古い木造の建物で、雨漏りしたり隙間風がはいったりで住居としては劣悪な環境だったが、男子たちにとってはその自由さがたまらなかったらしい。いろいろな人があがりこみ、麻雀やら怪しげな集会が日々くり広げられていた。

「いいですね、そういうの。わたしははレトロなものが好きなんですよ。新築で汚れひとつない校舎より、古い建物の大学に通いたいです」

海月さんがうらやましそうに言う。その言葉で、父の大学時代の話を思い出した。写真部がはいっていたサークル棟は、まさにいまの直也さんの話に出てきた大学寮と似た感じで、ぱっと見には廃屋にしか見えないボロボロの建物だったらしい。

　父が卒業したあと新棟に建て替わったそうで、ちょっとさびしかったと言っていた。そのボロボロのサークル棟の部室で、父は写真の現像をしていたんだ。

——でも楽しかったんだよなあ。暗室の作業もね、暗いなかで像が浮かびあがってくる瞬間にはなんとも言えない高揚感があってさ。スマホで撮影するのの何十倍も時間をかけて、ようやく完成して、でもそんなにうまくいってない。満足のいく写真なんて、ほとんどないんだけどね。

——たぶんカメラの感触が好きだったんだよなあ。持ったときの重みや、シャッターを押すときの感触、フィルムを入れたり巻き取ったりする作業……。まあ、古い人間だってことだ。

　父の言葉がよみがえり、暗室のなかの光景が見えるような気がした。闇のなかに浮かびあがる像。フィルムに焼きつけられた風景や人。フィルムに封じこめられた時間がモノクロ映画の一コマのように浮かびあがる。

——光の手触りかもしれないな。

——写真っていうのはね、像を写しとるんじゃなくて、光を写してるんだよね。光はいってきた光に薬剤が反応してるだけで、像を認識してるわけじゃないんだ。光の痕跡っていうか。

光の手触り。光の痕跡。あのときも気になった言葉だった。ペンを手に取り、短冊に「写真とは光の痕と言う人と」と書きつけた。航人さんの前に短冊を置く。

「光の痕……。おもしろいですね」

航人さんが目を細める。

「例の友人も、似たことを言ってました。『写真』とは『フォトグラフ』。フォトは『光』、グラフは『書かれたもの』。つまり、光が描いたもののことだって」

直也さんが言った。

「いいですね、こちらにしましょう。直也さんの句の大学寮に、写真を撮る学生が住んでいるというのは流れとしても自然ですから」

航人さんが言った。

「次の長句が月の定座ですよね。打越に『光』があってもいいでしょうか」

蒼子さんが質問した。

「そうですねえ。ちょっと通ってしまいますね。それならいっそ、このすぐあとに短句で付けてしまった方がいいですね」

航人さんが答える。

「このすぐあとに七七の月の句を付けるってことですか？」

柚子さんが訊いた。

「そうですね。それで、ここは秋の月じゃなくて、冬の月です。寒月《かんげつ》とか凍月《いてづき》とか、冬の月の季語を使ってください」

「冬の月か……」

海月さんが歳時記をめくる。

「ストレートに『冬の月』にしてもいいですよ。打越の寮の句は人のいない『場』の句だから、人も出さないといけない」

「うーん、制限が多い……」

海月さんが頭を抱える。

柚子さんがすらすらっと短冊に句を書きつけ、航人さんの前に出した。

「ああ、いいですね。こちらにしましょう」

航人さんはにっこり微笑んで、短冊を蒼子さんに渡す。蒼子さんがホワイトボードに「団子頬張り寒月を見る」と書いた。

「軽みがあっていいですね」

航人さんが言った。

「『軽み』！　光栄です。いまシリーズの次の巻を書くために芭蕉《ばしょう》さんの本をいろいろ読んでいて、この『軽み』って概念にすごく惹かれて……。自分の小説の書き方とも通じるところがあるな、と思っていたので」

柚子さんがうれしそうに答える。

「軽み？　なんでしたっけ？　古文で習ったような……」

海月さんが首をひねる。

「芭蕉さんの理念のひとつですよね。通俗性を芸術に高める、というか」

直也さんが言った。

「そうですね。いわゆる蕉風俳諧《しょうふうはいかい》の特徴『さび、しおり、細み、軽み』のうちのひとつです。『さび』は古びて趣のあるうつくしさ、『しおり』は余情、『細み』は幽玄《ゆうげん》。『軽み』は日常的な出来事のなかにあたらしい美を見出し、平淡にさらりと表現すること」

「なるほど。授業で聞いたときも、さび、しおり、細みがすごそうなのはなんとなくわかったんですけど、軽みはどこがいいのかいまひとつつかみにくかったんですよね。地味っていうか……」

海月さんがまた首をひねった。

「さび、しおり、細みもそれまでの花鳥諷詠《かちょうふうえい》的な美とは大きく異なっているんですが、晩年の芭蕉さんはこの『軽み』をすごく大切にしていたんですね。連句でも、どうしても深くて重い句、うつくしくて格調高い句に目がいくんですが、それだけじゃダメで。いまの柚子さんの句みたいにほっと抜ける感じが大事なんですよ」

「ほっと抜ける感じ……」

海月さんがホワイトボードをじっと見る。

「ずっと張り詰めているだけじゃダメなんです。力を抜いてそこまでの気持ちから離れる、そうすることで空気が変わる」

「なるほど……。なんとなくわかったような……」

海月さんがつぶやいた。

「つまり、余裕が大事ってことですね。ひとつのことに縛られないで、ちょっと離れたところから見ると、別のことが見えてくる、みたいな」

「そうそう、そういうことです。さすが令和のＪＫは理解が早いですね」

航人さんはめずらしく、ははは、と声に出して笑った。

「まあ、わかったからと言っていい句が作れるわけじゃないんですけどね」

海月さんが笑う。

「それはそうよぉ。それはそれで、また別のこと」

桂子さんがふぉぉふぉぉふぉぉっと笑った。

　寮の廊下がぎしぎしと鳴り　　直也
写真とは光の痕と言う人と　　一葉

団子頬張り寒月を見る　柚子

5

連句のあとの二次会では、鈴代さん、陽一さん、蛍さんといっしょに、海月さんが作っている映画の話を聞いた。奥側の席では、航人さんや桂子さん、蒼子さん、直也さんが柚子さんとなにか話している。海月さんの映画は高校を舞台にした七不思議もので、海月さんは主役の七不思議探偵を演じたらしい。

「恋愛あり、友情ありでけっこうバランスよくできたと思ってるんですけど。あとは映像がちゃんと撮れてるか、編集がうまくいくか、ってところですね。でも、もう文化祭で発表するための教室は取っちゃいましたからね。引きさがれないです」

「すごいねえ。いまは高校生でもそんなこともできちゃうんだね」

鈴代さんがにこにこ微笑む。

「時間の都合もあって七つは作れず、四話だけになっちゃったんですけどね」

「それはまた続編を作ればいいいんじゃないですか」

陽一さんが言った。

「続編かあ。それは受験が終わってからですね……」

海月さんが遠い目になる。

「そうだよ、まずは受験勉強！」

蛍さんが笑った。

「でも、受験が終わるころには高校生活も終わりか。さびしいなあ」

「海月さんは学校大好きなんだね。それだけ充実してたってことでしょ？」

鈴代さんが言った。

「充実してたかはわからないけど、学校は好きです。ていうか、大学生になったらもう大人じゃないですか。自分がどうやって生きるか考えなくちゃいけないし。不安でいっぱいですよ」

「大学に行ったらおしゃれして遊べる〜、って子も多いんじゃない？」

「そういう陽キャもいますけどね。わたしはどうも……」

海月さんがにこっと笑った。

「あ、そういえば一葉さん、さっきから訊きたいと思ってたんですけど……」

急に海月さんがこっちを見る。

「きりん座の大輔さんと雑誌を作るっておっしゃってましたけど、それって、大輔さんとお付き合いすることになった、っていうことですか？」

「え？」

なにを言われたのかすぐに理解できず、意味がわかってびっくりした。

「ううん、そういうわけじゃないよ。どうしてそう思ったの？」

「あ、いえ、すみません、いっしょに雑誌を作るという話でしたし、もうお父さんにも紹介したということだったので、てっきりそういうことかと……」

「なに言ってるの、男女がいっしょに活動してるからって付き合ってるってことにはならないでしょ？　創作活動と恋愛は全然別ものなんだから」

蛍さんがたしなめる。

「すみません。まだ恋愛というものをよくわかってなくて……。でも、なんとなく大輔さんと一葉さんはお似合いに見えたんですよ」

「言い訳しないの。一葉さん、すみません」

蛍さんがペコペコ頭を下げた。

そのあとは自然と、ひとつばたごで出す同人誌の話になった。陽一さんはこの前その話が出たあと、雑誌の編集や文芸マーケットのことをいろいろ調べていたらしい。鈴代さんも知り合いに出店している人がいるらしく、その人から出店に関する話を聞いたと言っていた。

「まあ、結局、出したからって売れるものじゃないみたいだね」

鈴代さんは笑った。

「そうですね。こちらも利益を出すために出店するってわけでもないですし」

陽一さんが答える。

「いいと思います。実はわたしも、今度詩の同人誌に参加することになりまして」

蛍さんが言った。

「え、詩の同人誌？」

鈴代さんが目を丸くする。

「就職活動が終わったあと、なぜか猛然と詩を書きたくなってきて。一気にたくさん書けて、どうしたらいいかわからなくて、優さんに送ってみたんです」

優さんとは、久子さんの知り合いの詩人である。何度かひとつばたごで連句を巻いたことも、以前優さんの家で定例会を開いたこともある。

「そしたらすぐにお返事があって。自分たちが作っている同人誌に載せませんか、って誘われて。その同人サークルも文芸マーケットに出店しているみたいなんです。売り子は優さんじゃなくて、若いメンバーがしているみたいなんですけど」

「へえ、すごいね。いきなり同人誌に載せてもらえるなんて」

鈴代さんが感心したように言った。

「これから優さんと作品を選ぶことになってるんです。そのとき聞いた話だと、やっぱり最初はそんなに売れないみたいです。それでも、くりかえし出店していると知り合いができて交流が生まれたり、得るものはあるとか」

「でもやっぱり、ある程度は売れた方が良くないですか？」

　横から海月さんが言った。

「それはそうだね。一冊も売れなかったら悲しいもん」

　鈴代さんが笑う。

「大輔さんと雑誌の相談をしていたとき、父はあまり分厚いものは避けた方がいいんじゃないかって言ってたみたいです。買い手からしたら見知らぬ人の作ったものだし、分厚くて値段の高いものより薄くて安い方が買いやすいから、って」

　わたしが言うと、陽一さんが、たしかにそうですね、とうなずいた。

「とりあえず、ですが、どういう構成にするか考えないといけませんし、いきなり作るんじゃなくて、まずは次回の文芸マーケットに視察に行きませんか？」

　陽一さんが提案した。

「きりん座のブースもあるし、悟さんの短歌が載っている雑誌もあるんですよね。次回は優さんのサークルの同人誌には蛍さんの作品が出て、大輔さんの新雑誌には一葉さんの作品が載る。行く価値はあると思うんです。一度全体の様子を見て、それから内容を決めるのはどうでしょう？」

「全員じゃなくてもいいですよね。このお話はわたしたちが中心になって進めていくのでもいいと思うんです。桂子さんや蒼子さんにはいつもお世話になっていますし、今回はわたしたちががんばる、ってことで」

鈴代さんが小さくガッツポーズをした。

「そうですね。わたしは優さんのところにも顔を出さないといけないし、どっちみち会場には行くつもりです。一葉さんもですよね？」

大輔さんの雑誌を手伝うなら、わたしも売り子として働くことになりそうだ。それにあずきブックスとしての視察もある。

「そうですね」

「萌さんもお子さんの学校行事とかと重ならなければ来てくれる気がします」

「じゃあ、決まり。よし、がんばろう！」

鈴代さんが言うと、海月さんが、おー、と手をあげた。

「ちょっと、なに言ってるの、あんたはその時期受験勉強でしょ？」

蛍さんが海月さんの頭をぽんと叩く。

「そうだった。ああ、いいなあ。わたしもそういうのやってみたい」

「大学生になればなんだってできるよ」

鈴代さんが笑う。

「そっか。大人になるのも悪くないですね！」

海月さんが言った。
そうそう、とうなずきながら、みんなで笑った。

連句の神さま

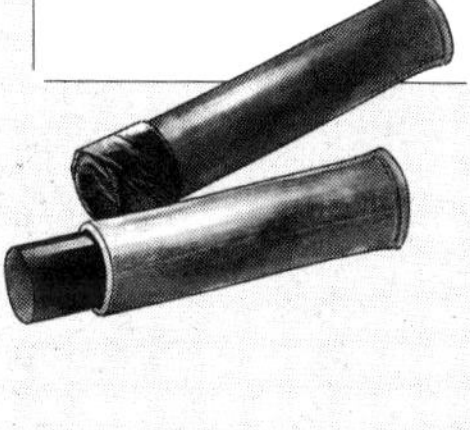

1

「あずきブックス」の同人誌フェアは好評で、売り上げもまずまずだった。なにより、新規のお客さんが増えたことが大きく、泰子さんも満足しているようだ。

八月は夏休み期間なので、毎年恒例の子ども向け「夏休みの本棚」に変更するが、今後も定期的に同人誌フェアをおこなうことにした。

文芸マーケットは毎年五月と十一月の二回開催。それに合わせて、次回の同人誌フェアは十月とした。文芸マーケットに向けてどのサークルも編集作業で忙しい時期だが、それだけにほかのサークルの同人誌に対する関心も高まっているのではないか、と泰子さんは言っている。

次は文芸マーケット開催後の一月として、一月、四月、七月、十月の年四回開催だとバランスもいい。四月がプレ春文マ、七月がアフター春文マ、十月がプレ秋文マ、一月がアフター秋文マという位置づけだ。

「きりん座」でもなにかイベントをしたいという声があがっているらしく、大輔さんから、十月の同人誌コーナー設置中に貸切イベントをしたい、という連絡があった。茜さんたちの知人の短歌サークルの人たちといっしょに、雑誌作りにまつわるトークイベントを開きたいらしい。

泰子さんの賛同も得て、話を進めていくことになった。まずは条件を伝え、登壇者などイベントの内容を固めてもらい、八月の終わりごろから具体的な相談をはじめるという流れになった。

カフェにお菓子を焼きに来た萌さんにその話をすると、「ひとつばたご」の雑誌ができたら、いっしょにならべてもらいたいですね、と目を輝かせた。

ひとつばたごの雑誌は航人さんに相談し、当面鈴代さん、陽一さん、萌さんの方で話を進め、案がまとまったら定例会で話し合うということに決まった。

「問題はどういう構成にするかなんだよね」

萌さんが言った。

「そうですね。連句の作品だけでももうだいぶたまっているわけで」

「でも、そんな分厚い雑誌は売れないよね。やっぱり『きりん座』くらいの厚さで、さらっと読める方がいいかなあ。お値段的にも三桁にとどめたいし」

「三桁の値段を目指すとなると、ページ数はどれくらいなんですか？」

「それもよくわからないんだよね。条件によってずいぶんちがうみたいで。鈴代さんの話では、印刷部数によっては一〇〇ページ超えても八〇〇〇円くらいの雑誌は作れるし、小説や評論系だとそれくらいの雑誌も多いみたいだけど」

本のサイズと部数によって単価が変わるので、一概に言えないということみたいだ。

「小説や評論はたしかにページ数多めですよね。でも短歌やエッセイの雑誌はもっと薄めだった気がします。『きりん座』は六〇ページくらいでしたし」

「そう。あれくらいだとさらっと読めるよね」

「そういえば大輔さんが、『きりん座』でも読者から『連句のページだけはよくわからない』って言われることがある、って言ってました。馴染みがないんですよね。わたしはひとつばたごの連句が好きですし、そこに航人さんの解説がついたらいい入門書になると思うんですけど……」

「でも、それだと連句を知ってる人か、これから入門したいと思ってる人しか読まないもんねえ。いいものを作れば売れるってわけじゃないっていうか」

萌さんがため息をついた。

「そもそもだれも求めていないものを作るのは不健全というか、単なる自己満足というか。作り手はいいと思ってるけど、受け取り手がいない。そういうものを作ってはいけない気がする。うーん、うまく説明できないんだけど」

「連句の場合は、いろいろむずかしいですよね。ルールを知らないと良さもよくわからないですし。ルールを学びながら楽しむっていうのは、かなりハードルが高いことですから、よほど興味を持っていないかぎりみんなやらない」

「そうそう。そのルールのなかに意味があったり、人生の大事なことと結びついていたりするんだけどね。文字の説明だと単なるお勉強みたいでおもしろくないし」

「でも、萌さんは、それまで連句を知らなかったのに、蒼子さんのSNS連句に参加したんですよね」

鈴代さんも陽一さんも萌さんも、みんな蒼子さんがSNSで開催した連句に参加して、そこからひとつばたごの定例会に来るようになったのだと聞いていた。

「そうそう。あれはすっごく楽しかったんですよ。あれで連句楽しいな、と思って。でも、そうだよね、なんで参加しようと思ったんだろ……」

萌さんが首をかしげる。

「やっぱりあれは、自分が作れる、ってとこに惹かれたんだと思う。あと、蒼子さんの告知に『言葉のゲーム』って書かれていて、それだったらできるかも、って思ったのもあるかな」

言葉のゲーム。たしかに連句にはゲーム的な要素もある。

「とにかくあのころは趣味がほしかったんだよね。まだ下の子が乳児で、全然どこにも出かけられなくて」

萌さんが笑った。

「まあ、当時は育児に夢中だったからその状態におおむね満足はしてたんだけど、やっぱり外につながりが欲しかったんだと思う。それでSNSはけっこう頻繁にのぞいてて。家にいてもできるでしょ？　どっかから連句のことが流れてきて、本好き、言葉好きだから、ぴんと来るところもあったんだよね」

「それで参加することに？」

「そう。SNSでオープンにおこなわれてるものだったから、参加っていっても、外からながめてるだけもありだったわけ。ルールも最初はよくわからなかったし。でもSNS上で蒼子さんがそのときどきに解説してくれて、少しわかってきて。途中でちょっと思いついたことを句にして投稿したら、取ってもらえたんだよね。そのときなんか、つながった、って気持ちになって」

「何人くらい参加してたんですか」

「三日に分けて巻いたから、その日ごとにちがう人が参加してたんだと思うけど。途中からはいったり、抜けたりも自由だったし。でも、歌仙一巻、全部ちがう人の句が付いてたから、少なくとも三十六人はいたってことだよね」

「一句も取られなかった人もいると考えると、五十人くらいはいたんでしょうか」

「わたしも三日間全部に参加できたわけじゃないけど、合計では少なくともそれくらいはいたはずだよね。あとで感想を投稿している人たちもいて、みんなすごく楽しかった、新鮮だった、って。わたしも夢中になったし」

「そのときみたいな臨場感があれば連句に興味を持つ人はいるってことですね」

「そうだね。たしかに……」

萌さんはなにか考えるような顔になる。

「きっと自分が参加できることが大事だったんだと思う。あのころはSNSもまだのんびりしてたから、いま同じことをやってもうまくいかないかもしれないけど。雑誌でそれと似たようなことができれば、関心を持ってくれるかも」

「雑誌だとSNSみたいな双方向の発信や同時進行はむずかしいですよね」

「うん、でも、連句に馴染みがないからダメってわけじゃない。なにをどうすればいいかわからないけど、やり方はあるってことだね」

萌さんは少しうれしそうな顔になった。

2

連句会の日が近づいてきた。

八月の夏休み中ということで、直也さんは家族旅行のためにお休み。柚子さんは執筆、海月さんは夏期講習の課題に追われて不参加。歌人の久子さんと啓《けい》さんが久しぶりにやってくるのと、大輔さんが再び参加することになった。

大輔さんは、前回のひとつばたごの連句が印象深かったらしい。きりん座のほかのメンバーも誘ってみたが、みな予定があるようで、ひとりで来ると言っていた。

お菓子は、定番は「桃林堂《とうりんどう》」の「和ゼリー」だが、五月に言問団子を果物ゼリーに変えていて、ちょっと似てしまう気もした。蒼子さんと相談し、今回は柚子さんがいないということもあって、餡子ものに変更することになった。

去年の七月に、鈴代さんと買いにいった「越後屋若狭」の水ようかんが好評だったのを思い出したが、予約が大変で、あそこまではがんばれない。そこで、「棗《なつめ》バター」で好評だった「HIGASHIYA」の「青竹水羊羹《あおだけみずようかん》」にしよう、と思いついた。

細い竹筒にはいっている水羊羹で、見た目も涼しい。まだ食べたことはないが、棗バターも好評だったし、味はまちがいなさそうだ。ある程度の数なのであらかじめ予約しておき、連句会に行く前にお店に寄って受け取ることにした。

連句会はこの前大輔さんが来たときと同じ、大森の大田文化の森。念のため大輔さんに訊くと、今回はひとりで行けます、という返事が戻ってきた。

早めにお昼を食べ、家を出た。冷やした方がおいしいだろうと考え、小さな保冷バッグに保冷剤を詰めこみ、銀座一丁目のHIGASHIYAへ。受け取った水羊羹を保冷バッグに入れる。有楽町駅まで歩いて京浜東北線に乗った。

お菓子のこともあり、大森からはバスに乗る。窓から外の商店街をながめながら、この前大輔さんとふたりでこの道を歩いたときのことを思い出す。大輔さんは商店街よりその向こうの斜面に興味を持って、坂を見たいと言ってたっけ。

斜面の上の方にあるマンション群のようなものが見えて、ああいう高いところで暮らしている人たちもいて、その人たちにもそれぞれの家族があり、仕事があり、暮らしがあるのだと思うと、なんとなく不思議な気持ちになった。

大田文化の森の停留所に着き、バスを降りる。建物の方に向かおうとしたとき、見覚えのあるうしろ姿が見えた。大輔さんだ。近寄って、声をかける。

「ああ、一葉さん、こんにちは」

ふりかえった大輔さんの手にカメラがあった。

「写真撮ってたんですか？」

「ええ。実は今日は朝イチで大森に来て、周辺を散策してたんですよ」

「もしかして、斜面の上に行ったんですか？」

「ええ。すごくおもしろくて、お昼をとる時間もなくて、結局坂をおりてきてからコンビニでおにぎりを買って、ここに来るまでのあいだに歩きながら食べました」

大輔さんが笑った。

「そんなに？　なにがあるんですか？」

「ええと、そうですね、坂と……家ばかりなんですけど」

大輔さんが困ったような顔になる。

「そうなんですね」

思わず笑いそうになって、うなずいた。

「でも、素晴らしいんです。坂の迷宮みたいで。もっと見たいですよ」

そう言って、目を輝かせている。この人はすごく安定していて、まっとうな人に見えるけれど、やっぱりちょっと変わったところがあるのかもしれない。

「自分の雑誌も、初回は谷中・根津ですが、二冊目はこのあたりにできたらいいなあ。まあ、一冊めがちゃんとできたら、の話ですけど」

大輔さんは楽しそうにそう言った。


建物にはいり、集会室のある階までエレベーターでのぼる。夏休みだからか、ほかの部屋では子ども向けのイベントが開かれているらしい。廊下に何人か子どもたちがいて、楽しそうに話している。

集会室にはもう航人さん、桂子さん、蒼子さん、久子さんが来ていた。大輔さんといっしょにあいさつしたあと、鈴代さんと陽一さんを手伝って、お茶の準備をはじめた。途中で蛍さんと萌さんが到着。

準備が整い、席に着く。開始時刻から少し遅れて悟さんと啓さんがやってきた。ふたりとも午前中は仕事があったらしい。

「じゃあ、そろそろはじめましょうか」

航人さんのその言葉でみんな姿勢を正し、しんとなった。

「今日は久しぶりに久子さんや啓さんも来てくださいました。それにきりん座の大輔さんも。でも発句はあまりこだわらず、皆さん出してくださいね。まだまだ暑いですが、暦としてはもう秋ですから、発句は秋で」

みな短冊を手に取り、歳時記をめくりはじめる。久子さん、桂子さん、啓さんは早くもペンを持ち、短冊に句を書きはじめる。一枚、また一枚と航人さんの前に短冊がならんだ。

「そろそろ決めましょうか」

短冊が七、八枚出たところで、航人さんが言った。わたしは書くことが決まらず、短冊は白紙のまま。これ以上考えても思いつかない気がして、うなずいた。

「この時期に秋の句を考えるのはなかなかむずかしいですよね」

航人さんが苦笑する。

「八月は学校も夏休みですからね」

啓さんの言葉に、みんな、ほんとほんと、とうなずいた。

「でも、句の方はちゃんと秋らしいものが出てますよ。『図書館の窓辺明るき秋の晴れ』、これはどなた？」

航人さんが訊ねると、蒼子さんが手をあげた。

「午前中、時間があったので、この下にある図書館に寄ってたんです」

大田文化の森には、集会室だけでなく、図書館やホール、展示コーナーなどの施設がはいっている。

「『窓あけて入る子どもの声や秋』もいいですね。今日は子どもさんも多くて、さっきから声がよく聞こえますし。それから『西口を出て秋空の遠さかな』や『秋晴れや幼子跳ねる遊歩道』もいい。でも、今日はこちらにしましょう。『秋の風めずらしき雲追いかける』。『めずらしき雲』という言葉がおもしろいし、なにかあたらしいことがはじまる予感がある。これはどなたですか？」

鈴代さんがさっと手をあげた。

「じゃあ、こちらでお願いします」

航人さんが蒼子さんに短冊を渡す。蒼子さんは立ちあがり、ホワイトボードに句を書き写す。

「では続いて脇。発句と同時《どうじ》、同場《どうば》が良いと言われてます」

「脇だから体言止《たいげんど》めですよね」

萌さんが言い足すと、航人さんがにっこりとうなずいた。みな歳時記をめくりながら、さらさらと句を書いていく。

めずらしき雲。ホワイトボードに書かれた発句を見ながら、めずらしき雲ってどんな雲なんだろう、と考えた。変わった形ということだろうか。いや、あまり見かけない、という意味なのかもしれない。

旅行で遠い場所に行くと、東京では見たことのないような雲を目にすることがある。どこでだったか忘れたが、ふんわりした雲がすごく低い位置を流れていったのを見た。変わった形ではないが、雲がすごく近くにあるように感じて、驚いた。

だが、いくら発句と脇は近くていいと言っても、雲自体のことを詠むのは付きすぎな気がする。となると、雲の下の風景だろうか。大森の町の風景？　バスに乗っている自分でもいいのか。雲にならら付きそうだ。

季語はどうしよう。発句に「秋」の字があるから、もう「秋」自体は使えない。雲や風も使えないし……。植物？　動物？　それとも食べ物？　ぱらぱらと歳時記をめくるうち、航人さんの前にはどんどん短冊がならんでいく。

「さあ、どうでしょう？　まだ出ますか？」

航人さんが言う。どうにもまとまりそうになく、首を横に振った。

「出ているなかにもよさそうなものがありますよ。『林檎《りんご》かじって登る坂道』と『吾亦紅《われもこう》の揺れる坂道』。坂道がふたつ出ました。大森は坂の町ですからね。『林檎かじって』は秋の爽やかな空気感があって、すごくいいなあ」

航人さんが笑う。

「でも、ここは『ライブハウスの軒先に月』にしましょうか」

「そうか、秋ではじまっているから、脇に『月』を入れた方がいいんですね」

萌さんが言った。今回の歌仙は秋からはじまった。秋は三句から五句つなげるのだが、必ず一句月の句を入れなければならない。そして、通常は五句目が月の常座だが、秋がはじまって五句目まで月を引っ張るわけにはいかない。それで秋はじまりのときは、発句か脇、遅くても第三で月を詠むことになっている。

「月は第三でもいいんですが、発句が雲ですからね。月と同じく空にあるものですから、どうしてもぶつかってしまう。それなら脇で月を入れた方がいい。ライブハウスというのが、街のなかにありつつも非日常な空間で、『めずらしき雲』とも合っている気がします。こちらはどなたの句ですか？」

「はい、わたしです」

久子さんが手をあげた。

「雲を追いかけていった先がライブハウスだった……。物語を感じますね」

啓さんが言った。蒼子さんがホワイトボードに句と名前を書き出す。

「次はこういうのはどうかしら」

桂子さんがさらさらと短冊に句を書き、さっと航人さんの前に出す。

「『幼子が虫籠ひしと抱えいて』。ああ、いいですね。ライブハウスの近くにこういう幼子が住んでいる。ありそうだけど、雰囲気はがらりと変わる。こちらにしましょう」

蒼子さんが短冊を受け取り、ホワイトボードに書き出した。

次の四句目は啓さんの「また来てねって父送り出す」が付いた。複雑な家庭なのか、それとも単身赴任などの事情なのか。虫籠を抱える幼子とよく付いている。父を送り出す子どもの視点で、自分と他人のいる自他半の句だ。

五句目には夏か冬を一句入れるということで、萌さんの「自転車は手の甲ばかり日焼けする」。日焼けが夏の季語で、生活のなかのさりげない一コマを描いた句だ。前句の幼子の母親だろうか。

六句目は蛍さんの「昔使ったえんぴつの色」が付き、表六句が終了。ここまでなんとなく句がまとまらず、一句も出せずにいた。となりの大輔さんも、久子さんや啓さんといっしょだと思うと、緊張して一句も出せませんでした、と笑っていた。

3

裏にはいり、持ってきた水羊羹を出す。青竹の筒を見ると、みんなからおいしそうという声があがった。

「夏の名残って感じよねぇ」

桂子さんが微笑む。

「ところで、実は例のひとつばたごの雑誌のことで、鈴代さんや陽一さんと少し考えたことがあるんですけど」

水羊羹とお茶で雑談していると、萌さんがそう切り出した。

「雑誌ってなんですか？」

久子さんが訊いてくる。

「ひとつばたごで同人誌を作って、文芸マーケットで販売しようっていう計画があるんです」

蒼子さんが答えた。

「ああ、柚子さんから聞きました。そうなんですね。文芸マーケットにはわたしもときどき行ってますけど……」

久子さんが言う。

「はい、悟さんから聞きました。久子さんはいろいろな雑誌に出てるとか……」

「短歌は同人活動がさかんで……。わたしだけじゃなくて、啓さんや悟さんもいろいろ参加してますよね」

久子さんが啓さんや悟さんを見ると、ふたりとも笑顔でうなずいた。

「どういう雑誌にするんですか？」

久子さんが萌さんに訊く。

「それが、実はまだなにも決まってなくて……。ただ、連句だけの作品集だとなかなか関心を持ってもらえないんじゃないか、って話になって、わたしたち三人で考えたんですけど……」

萌さんが鈴代さんと陽一さんをちらっと見る。

「前に、蒼子さんがＳＮＳで連句をされてたじゃないですか。考えたら、わたしたちはみんなそこから連句をはじめたわけで……。あれと似たことをすれば、関心を持ってくれる人も現れるんじゃないか、と思って」

「え、つまり、ＳＮＳ連句をやるってこと？」

蒼子さんが目を白黒させた。

「そうなんです。僕たちの力でできるのかちょっと怪しいところもあるんですが、SNSで連句をすれば、短歌や俳句に興味を持っている方たちを取りこむことができるかと。その人たちの句を載せれば、句が載っている人は買ってくれるかも、という下心もありまして」

陽一さんが言った。

「たしかに自分の句が載ってれば関心を持ってくれるかもね。でも、SNS連句はちょっとたいへんよ。連句のルールは最低限にするとしても、そのときどきに式目を説明しないといけないし、質問があれば答えないといけない。と同時に選句もしないといけないから……。あのときはまだ若かったからできたけど、いまはとてもできそうにない」

蒼子さんが苦笑いした。

「そうですね、完全にだれでも自由に参加できる形だと、冷やかしとかがあったときに対応できないかもしれないので、申し込み制にするとか、やり方は少し考えないといけないかもしれないんですけど」

鈴代さんが言った。

「いいんじゃないですか？　やり方はともかく、かかわる人が増えれば、話題にしてくれる人も増えると思います。初心者向けの説明を入れれば、入門的な内容にもなりますし」

悟さんがうなずいた。

「連句の場合、知ってる人が少ない、ルールが複雑、っていうのがネックになってて……。それをクリアしないと関心を持ってもらえないんじゃないかと思ってたんですけど、そこで説明したルールを雑誌の内容にも盛りこめばいいんですね」

萌さんは、ふむふむ、という顔になる。

「僕は短歌も連句もまだまだ専門家とは言えないのでこんなふうに言っちゃっていいかわからないんですが、連句って、やってみれば簡単な気がするんです。たしかに式目を全部覚えて、その都度忘れないようにするのは大変ですけど、捌きがいれば、次になにをすればいいかは教えてもらえるでしょう？　それだったら、わりとだれでもできるんじゃないかと」

悟さんが言った。

「そうですね。僕もあのときがはじめてでしたが、蒼子さんの説明を読めばなにを作るかは理解できました。句を作れるかどうかはまた別問題なんですが」

陽一さんが笑った。

「式目と合っていないものは捌きが取らなければいいわけで。参加者は意外と大丈夫なのかもしれませんね。たいへんなのは捌きだけか……」

萌さんが腕組みした。

「式目だけじゃなくて、捌きは句の意味や前句との付け合いを読み取らないといけないでしょ？　ネット上だとふだんより参加者が多くなるから、句もどんどん出るのよ。おもしろいものもたくさん出るんだけど、選ぶのがたいへんで、迷っているとまたどんどん出てきて、追いつかなくなる」

蒼子さんが困ったように笑った。

「実際に顔を合わせるのとちがって相手が未知の人のことも多いですからね」

啓さんが言う。

「そうなんです。こちらの説明をまったく聞かずに思いついた句を出してきちゃう人もいますしね。まずはルールがあるんだってことを納得してもらわないといけないんですけど、ちゃんと伝わっているかも見えにくいので」

蒼子さんがうなずく。

「初心者も多いでしょうしね。短歌や俳句を作ってる人は定型に慣れてるから句はすぐにできるけど、連句の式目は知らないことが多いですから」

久子さんが言った。

「でも、やってみるのはすごくいいことだと思います。結局、あの会で知り合った鈴代さん、陽一さん、萌さんとはいまもこうしていっしょに巻いてるわけだし、あの会がなかったら、出会わなかったってことですから」

蒼子さんが鈴代さんたちを見まわす。

「蒼子さんにはすごく感謝してます。あれがなかったら連句のことを知らなくて、ここに来ることもなかったわけで。わたし、連句と出合ってほんとによかった、って思ってるんです。いつもはばたばたと日々に追われているだけで……。連句会では、自分が考えてることを言葉にしよう、ってがんばるじゃないですか。その時間は自分とちゃんと向き合っている気がして」

鈴代さんが言った。

「わたしもです。なんとなく参加したんですけど、あのとき、自分は世界とつながってる、っていう実感が持てたんですよね。この向こうにいろんな人がいる、みんな自分の言葉で考えている。育児で忙しくて、そのことしか考えられなくなってたんですけど、あのとき自分として生きる感覚を取り戻したような気がして」

萌さんがうなずく。

「僕はSNSのときはそんなでもなかったんです。楽しかったけれど、人とつながっているという実感はあまりなくて。でも、連句っていう形式にはすごく興味が出た。それで、終わったあとに蒼子さんに質問して……。やりとりしているうちにひとつばたごに来ることになって。来てみたらすごくよかったんです。僕が求めているかかわりと近いものがここにある、って」

陽一さんが言った。

「ともかく、わたしたちとしてはこれまでひとつばたごから与えてもらうばかりだったので、今回は自分たちでなにかできることをしたい、って考えてるんです」

鈴代さんが真剣な眼差しで航人さん、桂子さん、蒼子さんを見つめる。

「なるほど、わかりました」

航人さんはじっと黙って考えていたが、しばらくして口を開いた。

「連句っていうのは、真に楽しむためにはたがいの気持ちを通わせないといけない。冬星《とうせい》さんが亡くなってから、僕はずっとそう考えてきました。だから、ひとつばたごという場所で、かぎられた人たちと巻くことを選びました。お客さまも大歓迎ですが、だれでもOKというわけじゃない。久子さん、柚子さん、啓さん、優さん、それに大輔さんも、皆さんどこかでひとつばたごの連句に寄り添ってくれる人だったんだと思います」

冬星さんというのは、ひとつばたごの前身である「堅香子」の主宰で、航人さんの連句の師匠である。航人さんだけではない。桂子さんも睡月さんもわたしの祖母もみんな冬星さんから連句を教わった。

「連句はなにかのために巻くものじゃない。突き詰めていえば、自分の心のために巻くんです。僕は、自分ひとりで創作することには意味を見出せませんでした。ほかの人とつながることの方が大切だったんです。僕に連句を教えてくれたのは冬星さんで、僕はずっと冬星さんに感謝し続けていたし、連句の素晴らしさを人に伝えたいとも思いました。だから若いころ、同世代を集めて会を結成した。でも、集団は大きくなれば歪みも出る。会を解散したのは、私的なこともありますが、僕が会をひとつに束ねることができなくなってきた、ということもあったんです」

私的なことというのは、森原泉《もりはらいずみ》さんとの離婚のことだろう。くわしい事情を知っているのは、この場では桂子さん、蒼子さんとわたしだけだ。

「だから、治子さんの勧めでひとつばたごを結成したとき、同じまちがいをくりかえさないようにしようと思いました。会をいたずらに大きくしない。この場を育てることを第一に、って」

航人さんはいったん言葉をとめ、天井を仰いだ。

「連句を広めたり、場を大きくすることに意味がないとは思いませんが、この場を育てることの方が大事だと思っていました。でも、この前、連句の大会に出たとき、まわりに連句をする人たちがたくさんいることに不思議なあたたかさを感じたんです。それに、萌さんの捌きを見ていて、もうここには僕以外にも捌きができる人がたくさんいる、とも思いました」

　航人さんが微笑んだ。

「場が育つというのは、場が大きくなることだけじゃない。中身が充実していくことこそが大事なんです。でも、鈴代さん、陽一さん、萌さんがここに来てくれたのは、まちがいなく蒼子さんのSNS連句のおかげです。大輔さんが来てくれるようになったのも、この前の大会のおかげ。そう考えると、どっちか一方を選ぶんじゃなくて、両方できる方法を探すことが大事なんだ、と思うようになりました」

「両方……」

　萌さんが目を見開いた。

「ひとつばたごの考え方を守りつつ、人に広めていくってことですか？」

「うーん、それも少しちがうかな。ひとつばたごの考え方は、僕の考え方です。冬星さんから授かったものを僕なりに解釈し、続けてきました。でも、それだけが正しい連句ってわけじゃないんです。ほかの考え方もある。睡月さんの連句も、ひとつばたごと通うところもあるけれど、ちがうところもある。そうした別の考え方も受け止める、ってことです」

「式目についてももっとゆるいところもありますし、もっときびしいところもありますよね」

久子さんが言った。

「なるほどぉ。なかなかむずかしいですね」

萌さんが腕組みした。

「広めても薄まっちゃったらしょうがないもんね。わたしたちにできるかなあ」

鈴代さんが首をかしげる。

「まあ、そこまでむずかしく考えないでいいんじゃない？　航人さんがいま話したのは、航人さんの長い連句歴のなかで考えてきたこと。そのすべてをすぐにわかるわけじゃないんだから」

桂子さんが笑った。

「僕もまだまだですよ」

航人さんも笑う。

「いまの僕たちにできる範囲でやるしかない。でもそのときに、僕らはこのひとつばたごの考え方を基準とする。そういう形でやってみようと思います」

陽一さんがうなずいた。

4

裏は悟さんの「線香の香り漂う三毛猫忌」からはじまった。表の六句目から続いて、季節のない雑の句である。裏にはいり、死のような重い題材も取りあげられるようになったこともある。

実は、おとといが悟さんの飼っていた猫の命日だったのだそうだ。悟さんは以前から猫を数匹飼っていて、さらに近所の猫たちの世話もするほどの猫好き。悟さんのSNSには猫たちの写真がしょっちゅうアップされている。

久子さんや蒼子さん、鈴代さん、萌さんはその三毛猫が生きていたころの写真もずっと見ていたそうで、死んでしまったときのこともよく覚えていると言っていた。

次は蒼子さんの「うっすら孤独な夜のおしゃべり」が付いた。猫の死の雰囲気を残しつつ、恋にもつながりやすそうな句だった。

なんだかここまであまり句を作れずにきてしまった。ほかの人の句をながめているだけでも楽しいのだが、さすがにそろそろ考えないと、と短冊を見つめる。ここはまだ雑のままでいいらしい。そして、恋の句だ。

恋という言葉で、また今井先輩のことを思い出した。そして同時にきりん座の久輝さんのことも。久輝さんは今井先輩とは無関係で、似ているからと言っていっしょにするのは両方に失礼だと思いつつも、わたしのなかで、ふたりは分かちがたくなっている。

今井先輩は大きな孤独を抱えていた。それはご家族を亡くしたことによるものだ。だが、打越が三毛猫忌なので、喪失のことは詠めない。

——まあ、結局、才能っていうのは世界とのズレだから。孤独と同じなんですよね。

大輔さんがそう言っていたのを思い出す。

——世界がほかの人とはちがって見える。人と共有できないものを抱えてるってことです。けど、共有したいと思っているから言葉にする。だれかと結びつきたいと願う。だからこそ才能のある人の言葉は切実で、ほかの人を惹きつける。

「ああ、これはおもしろい。ここはこちらにしましょう」

航人さんの声ではっと我にかえる。陽一さんの「妹とじゃんけんしたら負け越した」という句が取られたようだった。

「三毛猫忌の重みで気持ちが死の方向に寄せられてしまいますが、ここは離れなければならない。夜のおしゃべりをはさんで、雰囲気のちがう世界になっているところがいいですね」

ホワイトボードにならんだ句をながめながら航人さんが言う。

次は啓さんの「フランソワーズ・サガン読み終え」が付いた。サガンの名前で、また今井先輩を思い出す。いつだったか今井先輩がサガンの『悲しみよ こんにちは』の文庫本を持っているのを見た。かつては大ヒット作だったという話だが、読んでいる人はめずらしかった。

本自体が古かったし、女性作家の作品だったこともあって、わたしは思い切って先輩に「サガンが好きなんですか」と訊いた。先輩は「別に。家の本棚にあったんだ。姉が読んでいたんだと思う。身近な人がどんな本を読んでいたのか気になっただけ」と素っ気なく答えた。会話はそれで終わってしまったのだけれど。

あのとき、お姉さんはもう亡くなっていたんだ。

そう気づいて、心がずんと重くなる。

三年生のころ、今井先輩がよく駅前の喫茶店にいるのを見かけた。いつも同じ角の席に座り、文庫本を開いていた。

話しかけてみたかった。

自分が四年生になり、その席に今井先輩の姿を見ることがなくなってから、店の前を通るたびにそう思った。

もう結婚して子どももいると言うし、わたし自身もいま先輩と会いたいとは思わない。たぶん話したいと思っているのは、いまのわたしじゃない。先輩もいまの先輩じゃない。あのころのわたしが、あのころの先輩に話しかけたかった。ただそれだけのこと。そこまで思うと、急にふわっと言葉が降りてきた。

「喫茶店のいつもの席は空席で」と書き、航人さんの前に置く。もうすでに何枚か短冊が出ていた。

「おもしろい句が集まってきました。『あの人の選んでくれた豆をひき』『遠近法無視して描く君の街』『喫茶店のいつもの席は空席で』。どれもいいけど、ここは喫茶店の句にしましょう。これはどなたですか？」

「はい、わたしです」

そっと手をあげる。

「この句、『席』と『空席』がだぶっている気がするんですけど、この形しかないですよねぇ。『いつもの場所は空席で』とか『いつもの席は空いていて』とかの形にすると、意味合いが変わってしまうというか……」

「それじゃあ、どっちも語り手がいつも座っている席みたいに見えちゃうわよねぇ。ここはそうじゃなくて、気になる人がいつも座っている席にいまはその人がいない、ってことでしょ？」

桂子さんに訊かれ、うなずく。

「そうですよね。じゃあ、この形のままにしましょう」

航人さんがそう言って、短冊を蒼子さんに渡す。ホワイトボードに句とわたしの名前が書き出されたのを見て、ようやく一句付いた、とほっとした。

次には久子さんの「スパイの妻が見てるこちらを」が付いた。

「空席をうかがう行為を恋じゃなくてスパイの目線に読み替えたってことですね」

啓さんが言った。

「そう。でも、恋もありますよ。妻ですから」

久子さんがふふっと笑った。

「ロマンスあり、サスペンスありの映画みたいですね」

悟さんも笑った。

「じゃあ、ここで月を入れましょう。ここは冬の月です」

「スパイの妻に付ける月かあ。うーん」

鈴代さんがちょっと首をかしげる。

「いや、逆になんでも付けられる気もしますよ」

啓さんがそう言って、ペンを握る。みんな天井をながめたり、歳時記をめくったりしながら短冊になにか書きはじめる。

「どうしよう、まだ一句も付いてない。このあたりでがんばらないと」

となりで大輔さんが頭を抱えている。

一枚また一枚と短冊が航人さんの前にならびはじめた。

「おもしろい月が出てきてますよ。『冬の朝誰も覚えていない月』。だれも覚えていないっていうのがスパイを思わせますよね」

航人さんが短冊を見て言った。

「『月』っていうコードネームのスパイみたいにも読めますよね」

久子さんがふふっと笑う。

「ただ、発句が『秋の風』なので、『冬の朝』じゃない方が良い気がしますねえ。『革ジャンの彼を照らした冬の月』もスパイによく付いてますし、『しんしんとパンダは冬の月浴びて』も素敵なんですけどね。あと、パンダの句は『パンダしかいないから場の句ですね。打越の喫茶店の句は人がいないから場の句で、かぶってしまいます」

「そうか、パンダは人じゃないのか。いつもわからなくなる」

久子さんがぼやいた。

「ここは『月明かり革手袋を拾いおり』にしましょう。手袋が冬の季語です。これはどなたの句ですか」

「わたしです」

鈴代さんがにこっと笑った。

「革手袋がスパイっぽいですね」

久子さんはなんだか妙にうれしそうだ。

「次は、もう一句冬でもいいですし、雑でもかまいませんよ」

航人さんの言葉に、みなペンを手に取り、書きはじめる。しばらくすると短冊がちらほらと出はじめた。

「ああ、これはおもしろい。ここはこちらにしましょう。『人の暮らしと熊の暮らしと』。熊が冬の季語ですね。これはどなたですか」

航人さんが訊くと、萌さんが手をあげた。

「前にあちこちで熊が出たって話題になってたじゃないですか。人里にも現れるようになって、それで撃ち殺したことが問題になったりして……。どちらが正しいのかはわからないんですけど、やっぱり人と熊は共存できないんですよね」

「スパイのものだった手袋を猟師のものに読み替えたところが見事ですね。連句ならではのおもしろさです。じゃあ、そろそろ冬を離れましょうか」

「あ、すみません、もう一句冬でもいいですか？」

蒼子さんが訊いた。

「夏冬は一句から三句と言われてますから、もう一句冬でも大丈夫ですよ」

「じゃあ、こちらを……」

蒼子さんがさっと短冊を出す。

「なるほど。『大伯父の館で身酒《みざけ》酌み交わす』。おもしろいですね」

「身酒ってなんですか？」

蛍さんが訊いた。

「鰭酒《ひれざけ》ってあるでしょう？　鰭の代わりに河豚《ふぐ》の刺身を入れたお酒なんです」

蒼子さんが答える。

「熊と大伯父の館との相性がいいですね。ここはこちらで」

ホワイトボードに書かれた大伯父の館という文字を見て、するっと「ボードゲームの駒を並べて」という句が浮かび、航人さんに取ってもらえた。

「さて、いよいよ花ですね。大輔さんはまだ句が出てませんから、このあたりでそろそろがんばりましょうか」

航人さんがにっこり笑って大輔さんを見る。大輔さんは、わかりました、とうなずいてから、わあ、どうしよう、と頭を抱えた。

「まあ、花ですからね。皆さんの句をゆっくり待ちますので、焦らずに」

航人さんが微笑む。

「がんばります」

大輔さんはペンを握りしめ、短冊に向かった。

ほかの人たちの短冊がぽつりぽつりとならびはじめる。大輔さんは急になにか思いついたようで、それまでの短冊を脇によけ、あたらしい短冊を手に取った。一気に書きつけ、航人さんの前に出す。

「おお、素敵ですね。『花の散る里の河童《かっぱ》が歌を詠み』。こちらにしましょう」

航人さんは大輔さんの句を見るなり、句を読みあげた。

「河童！　いいですねえ。遠野《とおの》を思わせます」

「ほんとねぇ。遠野のカッパ淵《ぶち》が目に浮かんだわ」

啓さんと桂子さんがうれしそうに言った。

「この前仕事がらみではじめて行ったんです。遠野、素晴らしいですよね」

大輔さんは少しほっとしたような顔でそう言った。

「大輔さんのお仕事はなんでしたっけ？　生活雑貨のお店って聞いたような」

萌さんが訊いた。

「はい、日本の職人の仕事に焦点を当てた店です。仕入れて販売するだけじゃなくて、自社と産地で商品を企画したり……。僕の部署は在庫管理で、商品の仕入れや企画も担当しています。このときは南部鉄器のお店に製品の相談があって盛岡に行ったんです。それで仕事が終わってから一日休みを取って、遠野をまわりました」

大輔さんが答えた。

「南部鉄器。いいですよねえ」

蒼子さんが言った。

「鉄瓶が有名ですけど、鍋敷きとか、小さな栓抜きとか、小物も素敵なものがいろいろあるんですよ。小型の雑貨なら鉄瓶ほど高価じゃないので手に取りやすいんじゃないか、っていう話になって、何種類か店に置いてみることになりました」

「そういうお仕事なんですか。おもしろそう」

鈴代さんが目を輝かせた。

「いろいろたいへんですけどね。でも、ものを作っている人と話せるのは楽しいですよ。職人さんならではの見方や考え方があって、僕たちが失ってしまった感覚を持っているような気がして」

僕たちが失ってしまった感覚。その言葉が胸に響いて、大輔さんの横顔をちらっと見た。すごく澄んだ目だ。そう気づいて、あわてて目を伏せた。

「次も春ですよね。こういうのはどうでしょう？」

啓さんが航人さんの前に短冊を置く。

「ああ、いいですね。これにしましょう」

航人さんがふふっと微笑み、短冊を蒼子さんに渡す。

「『音符みたいな蕾《つぼみ》いくつか』。音符みたいな、という表現がかわいいですね」

蒼子さんもうなずいた。


音符の句で裏が終わり、次からは名残《なごり》の表に。陽一さんの「長い夢から目覚めれば海市《かいし》立つ」が付いた。

「夢から覚めたと思ったのに、また幻のようなものが見えている。夢から覚めてもまた夢、みたいな不思議な雰囲気がありますね」

航人さんが言った。

「ええ、ほんとは『胡蝶《こちょう》の夢』みたいな感じで、最後を『頰に蝶』としたかったんです。でも、花の打越が蝶だとよくないかなと思いまして」

陽一さんが答える。

「ええと、胡蝶の夢ってなんでしたっけ？　中国の説話ですよね」

鈴代さんが訊く。

「夢の中で蝶として飛んでいたところ目が覚めて、自分は蝶になった夢を見ていたのか、実は夢で見た蝶こそが自分で、いまの自分は蝶が見ている夢なのか……。なにが夢でなにが現実かわからなくなる、という話ですよね」

陽一さんが答えた。

「胡蝶の夢もおもしろいですね。でも、ここは海市の方でいきましょうか」

航人さんが言った。

「海市は蜃気楼《しんきろう》のことですよね？」

蛍さんが言った。

「そうです。山市《さんし》、喜見城《きけんじょう》、蜃気楼、かいやぐら。名前はいろいろありますね。打越に河童がいるけれど、海市は怪異ではなく自然現象なので、よしとしましょう」

航人さんの言葉に、わたしもちょっと不思議な句を作ってみたくなった。タイムマシンのイメージがどこからかやってきて、「時間旅行のチケットを買う」と書いて出す。航人さんはあっさりと、いいですね、と言って、句を取ってくれた。

蛍さんの「駅員の髪がスネ夫にそっくりで」、久子さんの「映画の中に光るフルーツ」、大輔さんの「夏休みじいちゃんチョイスの渋い菓子」と軽快な句が続いたあと、悟さんの「ジップロックで混ぜるセメント」という謎めいた句が出て、航人さんが首をかしげた。

「これは……。どういうことなんですか？」

航人さんが訊く。

「ええと……。庭の畑を作るのに少しだけセメントを使う必要がありまして……。ホームセンターで買ってきたんですが、混ぜるのはジップロックでいいって言われて。実際にやってみたら、それで大丈夫だったんですよ」

「つまり、実話？」

「そうです」

悟さんがにこにこ答える。仕事は弁護士だが、趣味で庭に畑を作っているらしい。去年もスイカを育てていると言っていた。

「うーん、悟さんの日常がますます気になりますねぇ」

鈴代さんが言った。

「じゃあ、次はこれはどうでしょう？」

萌さんがそう言って、航人さんの前に短冊をそっと置く。

「あ、これはおもしろいですね。ここまでの流れとガラッと変わる。これにしましょう。『ここにある悲しみふたりだけのもの』」

「おお〜〜」

航人さんが読みあげると、啓さん、悟さん、陽一さんがそろって声を上げた。

「きた〜。萌さんのなんか深い句」

鈴代さんが手を叩いた。

「『なんか深い』ってなんですか？」

萌さんが笑いながら言った。

「めちゃくちゃ複雑な思いがこめられてる、っていうか」

鈴代さんが考えながら答えた。

「こういうの、萌さんはほんとにすごいですよね。ふだんなんでもない顔で生活してるのに、実はものすごく深く人を観察してるようなとこ、ありますよね」

悟さんが言った。

「そうですか？　そんな特別なことは考えてないんですけど」

「いやいや、人の心をちょっと怖いくらい正確にとらえてるところがありますよ」

啓さんが真顔になる。

「そうですよね。自分には到底見えないものを見てる気がして……」

陽一さんも深くうなずいた。

「ジップロックに入れたセメントにそもそも意味深な雰囲気があるんですよね」

航人さんが言った。

「セメントっていうのは、なにかを埋めこむことができますからね。実際には単に庭で畑づくりをしているだけなんだけど、なにか特別なものを埋める気配がある」

航人さんが含み笑いした。

「萌さんの句だと、それがふたりになりますよね。その光景自体が秘密を孕《はら》んでいる雰囲気があって……。いいですね」

蒼子さんがしみじみと言った。

「そしたら、次はこれはどうかしら」

桂子さんが短冊を出す。

「ああ、これもいいですね。『静まりかえる朝の湖』。悲しみによく合っています。こちらにしましょう」

航人さんが蒼子さんに短冊を渡した。

「すごいですね。なんだかどんどん付いていく」

大輔さんが目を丸くした。

「きりん座ではいつも半歌仙なんです。それでもすごく時間がかかって……。裏が終わるとへとへとです。それがひとつばたごでは、名残の折《おり》にはいってからがすごく早くて。次から次へぽんぽん付いていくんですね」

「名残の折にはいるころには皆さんの心もほぐれて、気持ちが同調していますからね。あまり考えずに前の句に付けられる。連句のペースに頭が慣れてきているので、ほどよく飛躍して、付きすぎになることもない。だから捌きも連衆《れんじゅう》の心の流れに乗っていくような感じでいいんです。捌きががんばらなきゃいけないのは、流れが止まっちゃったときだけ。あれこれヒントになるようなことを言って場を動かす」

航人さんが笑った。

「そうなんですね」

大輔さんが感心したようにうなずく。

「だから連句を巻いてるときは、名残の折にはいってからが楽しいんですよ。スポーツでなにも考えないでも身体が動くときみたいにね。でも、句として記憶に残るのは、裏の句が多いかもしれない。名残の折は巻いてるときは楽しいけど、竜宮城での遊びみたいなものなのかもしれませんね」

航人さんが笑った。

「それに、名残の折の楽しさは、表、裏があってこそなんですよ。そこに行くためには段階が必要なんです。表では行儀のよい句を作ってあいさつしあい、裏にはいって恋の座、月、花、と、ある種の緊張を共有し、ようやく落ち着き、心も通じ合う。そこで名残の折にはいって、句が自在に動き出す」

「ということは、きりん座でもがんばって続ければ、そういう境地に行けるんでしょうか。まだ無理な気もする。そんなにたくさん作れる自信もないし」

大輔さんが頭をかいた。

「でも、きりん座のメンバーには短歌を作っている人も多いんですよよね？　句を作ることには慣れてるんじゃないですか？」

萌さんが言った。

「そうなんですけど……。なんでしょうか、みんな決め技みたいなものを持っていて、ぴりっとした句を作るんだけど、巻き続けていると一本調子になってくるんです。それで疲れてきてしまう、っていうか」

大輔さんが首をひねる。

「下手に名残の折にはいってしまって、巻き終われなかったら、という不安もあるでしょうけど、とにかくやってみる、っていうのもいいかもしれませんよ」

航人さんが大輔さんに言った。

「こういう解放感は名残の折にはいってからですからね。そういう状態にはいろうとしてはいれるわけじゃない。連句の神さまのお導きなんですよ」

「そういえば、冬星さんもよくそんなことを言ってたわねぇ」

桂子さんがうなずく。

「自分たちの力で行くんじゃなくて、連句という形式の力が助けてくれるんです。だから、思い切ってやってみてもいいんじゃないですか。さっきみんな決め技みたいなものを持っていて、っておっしゃってましたけど、名残にはいればそういうものから解放されて、メンバーの別の面が見えてくるかもしれない」

「たしかにこれまで半歌仙しか巻いてないんだから、その先のことはやってみないとわからないですよね。うーん、一度茜さんに相談してみようかな。茜さんは、わたしたちにはまだ無理って言ってましたけど……」

大輔さんがぼそぼそとつぶやくように言った。

五時になり、久子さんは次の用事、啓さんはお母さまの介護のために早退した。その後も、鈴代さんの「患者とは一線引くがプロの道」、悟さんの「阿波踊りには見ないステップ」まではぽんぽんと付いた。だが続く月の座で、それまで続いていた流れがぱたっと止まった。

いくつも候補は出ているのに、ぴったり来るものがない。変化がなく、似たような句ばかりになってしまっている。みんなもうんうんうなりながら句を作り、ようやく陽一さんの「モスクワのビルの狭間《はざま》に月上る」で航人さんもうなずいた。

次の蒼子さんの「ヴァレニキ茹でる霧の窓辺で」で名残の表は終わり。ヴァレニキというのは、ウクライナの伝統料理らしい。餃子のような形で、茹でて食べるのだと鈴代さんは言っていた。

名残の裏になり、残すはあと六句。萌さんの「椋鳥《むくどり》の集まる木だと教えられ」、悟さんの「出席点をくれる先生」、そしてまた萌さんの「図書館の図鑑の棚に住まう神」と続いた。

「『本の隙間に住まう神』にしようかと思ったんですけど、『ビルの狭間』があるからよくないですよね。それで本の種類を考えて、図鑑がいいかな、って」

萌さんが言った。

「知識の神ですね。物知りの神さまって感じでいいですね」

悟さんが笑った。

「じゃあ、次はもう春にしても良いですし、雑のままでもいい。花の前ですから、植物は避けた方がいいですね」

航人さんが言った。

「図書館に住んでいる神さまか」

大輔さんが天井を見あげながら、短冊を手に取る。わたしもペンを握り、考えはじめた。図書館の図鑑の棚。そこに来るのはどんな人だろう？　調べものに来た小学生？　ああ、でも打越が先生の句だから、学校は避けた方がいいか。

となると、外の風景？　図書館の外にあるのはなんだろう？　学校図書館じゃなくて町の図書館とすると、公園？　商店街？　図書館を出た人が帰りにスーパーで買い物をするとか……。

あれこれ思い描いていると、大輔さんが句を書きはじめたのが見えた。ペンが紙を滑る音がする。見ると「フィルムカメラに憧れている」と書かれていた。

写真について語り合っていた大輔さんと父の姿を思い出す。あのときの父は楽しそうだった。写真に関心のないわたしたちには見せない顔。父にとっては写真は青春の象徴のようなものだったんだろう。

——プリントには印画紙というものを使うんだ。感光する性質の薬剤が塗られた紙だね。それを引き伸ばし機の下に置いて光をあてると、像の通りに感光するわけ。つまり、写真を紙にプリントするまでに、光の力を二回使うわけだ。一度目はカメラでシャッターを切るとき。二度目は引き伸ばし機を使って印画紙に光をあてるとき。いい写真が撮れるかどうかは、この二回の光で決まる。

写真は二回の光で撮る。そうして現れた像が、光によって今度は人の目を通し、心に像を結ぶ。今回のことで、押し入れのなかにしまいっぱなしになっていた写真たちに再び外の光があたり、時を超えて人の心に届いたのだ。父にとっても意味のあることだったのだろう。

大輔さんが短冊を出す。航人さんが、こちらにしましょう、とうなずいた。

花は桂子さんの「花篝《はなかがり》いつか誰かのいた記憶」。

花篝とは、夜桜を鑑賞するために焚《た》くかがり火のことらしい。京都の祇園《ぎおん》のものが有名で、桂子さんはずっとむかしに見たことがあるのだという。かがり火のゆらめく炎に照らされた桜はうつくしく、ときおり花びらが燃える様子が凄《すさ》まじいのだと桂子さんは言っていた。

散った花びらが炎で燃える。人々の目に映り、記憶を残す。

その風景を思い描きながら、写真はみんな、いつかだれかがいた、なにかがあった記憶だ、と思う。撮られているものだけじゃなくて、撮った人の記憶でもある。

最後は蛍さんの「ぽこるぽこると話すはまぐり」。不思議な擬音の響きが楽しい句だった。名残の折に入ってからは一瞬のように思えていたけれど、気づくと七時近かった。連句会の時間は不思議だ。竜宮城のようにあっという間に過ぎている。

みんなで相談しながらタイトルを決めた。大輔さんもすっかり打ち解けている。裏のはじめにあった悟さんの三毛猫の句を受けて、「三毛猫忌」と決まった。

航人さんの話にあったように、名残の折にはいってからは、頭を使った、という感覚はない。気持ちが高揚したまま、ふわあっと時間が過ぎていく。疲れていないわけではない。終わってみると、やっぱり、濃い時間を過ごしたなあ、とふだんにはない疲労を感じる。でも、それが心地よい。

ホワイトボードに書かれた一巻を見渡す。楽しそうに言葉が躍っている。ほんとに連句の神さまが遊びに来てくれていたのかもしれない。そんな気がして、笑みがこぼれた。

歌仙「三毛猫忌」　　　捌・草野航人

秋の風めずらしき雲追いかける　鈴代
　ライブハウスの軒先に月　久子
幼子が虫籠ひしと抱えいて　桂子
　また来てねって父送り出す　啓
自転車は手の甲ばかり日焼けする　萌
　昔使ったえんぴつの色　蛍
線香の香り漂う三毛猫忌　悟
　うっすら孤独な夜のおしゃべり　蒼子
妹とじゃんけんしたら負け越した　陽一
　フランソワーズ・サガン読み終え　啓
喫茶店のいつもの席は空席で　一葉
　スパイの妻が見てるこちらを　久子
月明かり革手袋を拾いおり　鈴代
　人の暮らしと熊の暮らしと　萌

大伯父の館で身酒酌み交わす　蒼子
　ボードゲームの駒を並べて　一葉
花の散る里の河童が歌を詠み　大輔
　音符みたいな蕾いくつか　啓
長い夢から目覚めれば海市立つ　陽一
　時間旅行のチケットを買う　一葉
駅員の髪がスネ夫にそっくりで　蛍
　映画の中に光るフルーツ　久子
夏休みじいちゃんチョイスの渋い菓子　大輔
　ジップロックで混ぜるセメント　悟
ここにある悲しみふたりだけのもの　萌
　静まりかえる朝の湖　桂子
患者とは一線引くがプロの道　鈴代
　阿波踊りには見ないステップ　悟
モスクワのビルの狭間に月上る　陽一
　ヴァレニキ茹でる霧の窓辺で　蒼子
椋鳥の集まる木だと教えられ　萌

出席点をくれる先生　悟
図書館の図鑑の棚に住まう神　萌
　フィルムカメラに憧れている　大輔
花篝いつか誰かのいた記憶　桂子
　ぽこるぽこると話すはまぐり　蛍

六話「連句の神さま」に登場する歌仙は、東直子さん、千葉聡さん、竹内亮さん、三辺律子さん、ヤンコロガシさん、ゆきさん、江口穣さん、四葩ナヲコさん、長尾早苗さん、長谷部智恵さんと巻いた歌仙を一部変更したものです。ご協力に深く感謝いたします。

本作品は、当文庫のための書き下ろしです。
なお、本作品はフィクションであり、登場する人物・団体は実在の個人および団体等とは一切関係ありません。

ほしおさなえ

1964年東京都生まれ。作家・詩人。1995年『影をめくるとき』が第38回群像新人文学賞優秀作受賞。2016年『活版印刷三日月堂　星たちの栞』が第5回静岡書店大賞を受賞。主な作品に、ベストセラーとなった「活版印刷三日月堂」シリーズのほか「菓子屋横丁月光荘」「紙屋ふじさき記念館」「ものだま探偵団」シリーズ、『三ノ池植物園標本室』（上下巻）、『金継ぎの家　あたたかなしずくたち』『東京のぼる坂くだる坂』『まぼろしを織る』など多数がある。

だいわ文庫

言葉《ことば》の園《その》のお菓子番《かしばん》　未来《みらい》への手紙《てがみ》

著者　ほしおさなえ
©2024 Sanae Hoshio Printed in Japan
二〇二四年五月一五日第一刷発行

発行者　佐藤　靖
発行所　大和《だいわ》書房
東京都文京区関口一—三三—四　〒一一二—〇〇一四
電話　〇三—三二〇三—四五一一

フォーマットデザイン　鈴木成一デザイン室
本文デザイン　田中久子
本文イラスト　青井　秋
本文印刷　信毎書籍印刷
カバー印刷　山一印刷
製本　小泉製本

ISBN978-4-479-32092-0
乱丁本・落丁本はお取り替えいたします。
https://www.daiwashobo.co.jp

だいわ文庫の好評既刊

＊ほしおさなえ
言葉の園のお菓子番
見えない花
書店員の職を失った一葉は、連句の場の深い繋がりに背中を押され新しい一歩を踏み出していく。温かな共感と勇気が胸に満ちる感動作！
700円
430-1 I

＊ほしおさなえ
言葉の園のお菓子番
孤独な月
亡き祖母の縁で始めた「連句」を通して新しい人や仕事と繋がっていく一葉。別れと出会い、悲しみと喜びが孤独な心を照らす感動作！
700円
430-2 I

＊ほしおさなえ
言葉の園のお菓子番
森に行く夢
書店イベント、作家や歌人との出会いを通して自分を見つめ直す一葉。今を受け入れつつ歩を進めるその先には…静かな決意に涙する物語。
740円
430-3 I

＊ほしおさなえ
言葉の園のお菓子番
復活祭の卵
ブックカフェのイベントや連句大会への参加。新しい出会いと選択の先に一葉を待っていたのは……赦しと再生の予感に心震える物語。
740円
430-4 I

＊碧野圭
菜の花食堂のささやかな事件簿
裏メニューは謎解き⁉　心まで癒される料理教室へようこそ！　ベストセラー『書店ガール』の著者が贈る、やさしい日常ミステリー！
650円
313-1 I

＊碧野圭
菜の花食堂のささやかな事件簿
きゅうりには絶好の日
グルメサイトには載ってないけどとびきり美味しい小さな食堂の料理教室は本日も大盛況。大好評のやさしくてほろ苦い謎解きレシピ。
650円
313-2 I

＊印は書き下ろし

表示価格はすべて本体価格（税別）です。本体価格は変更することがあります。